Diens
Filiaal
Aca
258
Tele

D1145012

MARION VAN DE COOLWIJK

MEIDEN ZIJN GEK...

OP GEHEIMEN

AFGESCHREVEN

DIENST OPENBARE BIBLIOTHEEK
BOMEN-
BUURT
DEN HAAG

Van Holkema & Warendorf

ISBN 978 90 475 0589 1
NUR 283
© 2008 Uitgeverij Van Holkema & Warendorf,
Unieboek BV, Postbus 97, 3990 DB Houten

www.unieboek.nl
www.marionvandecoolwijk.nl

Tekst: Marion van de Coolwijk
Omslagontwerp: Marlies Visser
Foto's omslag: Getty Images
Achtergrond omslag: Indian Textile Prints, The Pepin Press,
www.pepinpress.com
Zetwerk binnenwerk: ZetSpiegel, Best

HOOFDSTUK 1

'Jij hebt er zin in!' De moeder van Janine wees op de klok aan de keukenmuur. 'Is het niet nog wat te vroeg om naar school te gaan?'

Janine griste haar tas van de tafel. 'Welnee! Voordat ik er ben…' Ze ontweek de blik van haar moeder en liep naar de gang. 'Wees blij dat ik graag naar school ga,' zei ze lachend, maar haar ogen stonden ernstig. Ze hoorde haar moeder de gang in komen en trok snel haar jas aan. De onderzoekende blik van haar moeder prikte in haar rug.

'Nou, doei… Tot straks.'

Zonder zich om te draaien opende ze de voordeur en liep naar buiten.

'Veel plezier,' hoorde ze haar moeder nog roepen. De deur viel achter haar in het slot.

Opgelucht haalde Janine adem. Ze was nooit zo goed geweest in het verbergen van geheimen voor

haar moeder. Ze moest in het vervolg echt beter oppassen en niet elke dag zo vroeg naar school gaan.
Haar moeder begon argwaan te krijgen.

Janine stak de straat over en liep in de richting van
de sporthal. Niels was meestal eerder bij het fietsenhok dan zij.

Ze versnelde haar pas. De kriebels in haar buik werden heftiger bij iedere stap die ze zette.

Sinds drie weken hadden ze echt verkering. Na hun
optreden op het schoolfeest had Niels haar verteld
dat hij haar leuk vond... meer dan leuk. Hij had
haar verkering gevraagd en natuurlijk had ze ja gezegd. Eindelijk!

Ze was al maanden verliefd op Niels, maar op de een
of andere manier leek hij zo onbereikbaar. Hij zat in
de klas van meester Jens en was een van de popu-
lairste jongens van school: hij had een heleboel
vrienden en ook de meiden vonden hem een stuk.

Verliefd zijn was heerlijk. Ze was verliefd op de
leukste, knapste en grappigste jongen van de wereld.
Iedere ochtend spraken ze af bij het fietsenhok van
de sporthal. Niels had haar uitgelegd dat hij hun
verkering voorlopig nog even geheim wilde houden.
Hij had geen zin in gedoe met zijn vrienden, had hij
gezegd. 'Zo gaat dat bij jongens... Dat begrijp je
toch wel?'

Janine begreep er niets van, maar ze had geknikt. Ze
had dan wel twee grote broers, maar van jongens-

dingen had ze geen verstand. Als Niels zei dat het zo beter was, dan was dat vast zo. Ze was al superblij dat hij verliefd op haar was.

'Mag ik het wel tegen mijn vriendinnen zeggen?' had ze gevraagd.

Niels had wat aarzelend geantwoord dat ze dat zelf moest weten. 'Zolang ze niets tegen mijn vrienden zeggen... En op school doen we gewoon alsof er niets aan de hand is, goed?'

Janine had het natuurlijk wel jammer gevonden, maar ze wilde Niels niet in moeilijkheden brengen.

'Hee, schoonheid.' Niels stak zijn hoofd om de hoek van het fietsenhok.

Janine rende naar hem toe. 'Hoi, sorry dat ik wat laat ben, mijn moeder...'

Verder kwam ze niet, want Niels sloeg zijn armen om haar heen en gaf haar een kus op haar neus. 'Je ruikt lekker.'

Janine knikte wat verlegen. Haar hart bonkte in haar keel. 'Jij ruikt ook lekker,' fluisterde ze, en ze gaf Niels een kus op zijn mond. Zijn lippen voelden zacht.

In de verte klonken stemmen. Niels sloeg zijn armen om Janine heen en trok haar verder het fietsenhok in. Geschrokken gluurde hij naar de weg, waar een groepje jongens langsfietste. 'Ssst, niet bewegen,' siste hij.

Janine stond met haar hoofd in Niels' jas gedrukt en

voelde haar neus kriebelen. Ze wilde zich lostrekken, maar Niels duwde haar stevig tegen zich aan. 'Stil nou!'

De kriebel kroop omhoog en Janine kon een nies niet langer tegenhouden. 'Hatsjoe!'

Niels liet haar meteen los en Janine deed opgelucht een stap naar achteren. Ze haalde diep adem. 'Ik stikte bijna, man,' zei ze.

Niels pakte haar opnieuw vast. 'Vlug, ga achter dat schot staan.'

Voordat ze kon reageren, duwde hij haar hardhandig achter het houten schot.

'Ze mogen je niet zien!'

'Hee, Niels!' Rick remde en bracht zijn fiets slippend tot stilstand. 'Wat doe jij hier nou?'

De andere jongens kwamen er ook bij staan.

Niels liep het fietsenhok uit. 'O... eh... niets. Ik dacht dat ik een euro zag liggen, maar het was een bierdopje.'

'Fiets je mee?'

Niels aarzelde.

'Wie er het eerste is.'

Niels glimlachte. 'Oké, dat win ik!'

Terwijl Niels zijn fiets pakte, stoven de andere jongens al weg en verdwenen om de hoek van de sporthal.

'Hee, dat is niet eerlijk!' riep Niels. Terwijl hij op zijn fiets sprong, kwam Janine vanachter het schot

tevoorschijn. Verbaasd keek ze naar Niels, die snel zijn hand naar haar opstak en wegfietste. Zonder erbij na te denken zwaaide ze terug. Maar het voelde niet goed. Janine pakte haar tas op. Het fijne gevoel was weg. Daarvoor in de plaats voelde ze boosheid. Hoe kon hij haar nou zo in de steek laten?
Met slenterpassen liep ze richting school.

'Hoi, Janine!' Nikki remde af en sprong van haar fiets. 'Wat kijk je boos.'
Janine mompelde wat onverstaanbaars.
Nikki kwam met de fiets aan haar hand naast haar lopen. 'Wat is er aan de hand? Ruzie thuis?' probeerde ze.
'Nee.'
'Ben je ziek?'
'Nee.'
'Wat verloren?'
'Neehee...' Janine keek op. 'Er is niets.'
Nikki zuchtte. 'Kom op, Janine... Ik zie toch dat er wat is. Ik dacht dat wij vriendinnen waren? Je kunt me alles zeggen, hoor!'
'Weet ik.'
'Nou dan.'
'Laat me nou maar.' De meiden waren bij de school aangekomen. Janine versnelde haar pas en keek naar Niels en zijn vrienden, die aan het voetballen waren op het plein. Zo te zien had hij de grootste lol.

Nikki zette haar fiets in het rek en rende achter Janine aan die het schoolplein op liep. 'Janine, wacht op mij.'

Met een schuin oog keek ze naar Janine. 'Is het Niels?'

Janine draaide zich met een ruk om. 'Ja, nou goed! Houd je nu op met zeuren?'

Nikki trok haar vriendin met zich mee naar het bankje bij de boom. 'Niets daarvan. Jij gaat mij precies uitleggen wat er aan de hand is. Heeft hij het uitgemaakt?'

'Nee.' Janine zuchtte en ze vertelde wat er gebeurd was.

Nikki luisterde aandachtig. 'Zo,' mompelde ze toen Janine klaar was met haar verhaal. 'Hij heeft je dus gewoon laten stikken?'

'Hij kan er niets aan doen,' verdedigde Janine haar vriend. 'Het komt door die andere jongens.'

'Geloof je het zelf?' reageerde Nikki. 'Niels kan toch zelf beslissen?' Ze leunde achterover op de bank. 'Het is wel duidelijk dat zijn vrienden op de eerste plaats komen. Zoiets pik je toch niet?'

Wat hulpeloos keek Janine haar vriendin aan. 'Heb ik een keus?'

'Altijd!'

'Maar ik wil het helemaal niet uitmaken,' riep Janine. 'Ik vind hem veel te leuk.'

'Wie gaat het hier uitmaken?' Saartje kwam aan-

lopen en schoof naast Janine op de bank. 'Niels?'
Janine zweeg.

Toen ook Valerie zich bij het drietal voegde, voelde
ze zich helemaal ingeklemd. Ze had geen zin om nog
een keer in de verdediging te gaan.

Terwijl de bel klonk, praatte Nikki haar vriendinnen
bij.

'Wat?' riep Saartje en ze keek naar Niels, die net een
doelpunt scoorde. 'Wat een flapdrol. Ik zou het wel
weten!'

'Ik ook,' voegde Valerie eraan toe.

Janine stond op. 'Ja, en dat is nu juist het probleem.
Jullie weten het allemaal zo goed… Maar jullie zijn
niet verliefd.'

'Op zo'n slappeling word ik echt niet verliefd, hoor!'
sneerde Saartje.

'Bedankt voor jullie geweldige steun.' Janine draaide
zich om en liep in de richting van de schooldeur. Ze
had beter niets kunnen zeggen. Haar vriendinnen
brachten haar alleen maar in de war.

Niels en zijn vrienden renden haar voorbij en stoven
de school in. Niels keek achterom en bleef toen tegen de openstaande deur aan staan. Een paar kinderen stapten naar binnen. Niels hield de deur voor
hen open.

Janine aarzelde heel even bij de ingang, maar liep
toen naar binnen.

'Sorry,' fluisterde Niels toen ze langs hem liep.

Janine deed net of ze hem niet gehoord had en stapte de gang in.

Niels liet de deur los en kwam achter haar aan. 'Ik kon niet anders,' zei hij. 'Dat begrijp je toch wel?'

Janine bleef staan, maar Niels liep door. Ze beet op haar onderlip. Ook nu wilde hij dus niet samen met haar gezien worden. Zonder nog iets te zeggen liep ze door naar haar klas. Haar ogen prikten en ze deed haar best om niet te huilen.

'De meester is er nog niet!' Myren leunde tegen de vensterbank en keek naar buiten. Het was druk in het klaslokaal. Thijs en Dave renden achter elkaar aan tussen de tafeltjes door. Een paar meiden tekenden op het bord en Jochem en Ferry gooiden met gummetjes.

Janine ging aan haar tafel zitten, met haar rug naar de klas toe. Ze staarde uit het raam naar het schoolplein, dat er nu verlaten bij lag.

Valerie, Nikki en Saartje kwamen als laatsten binnen.

'Is-ie alweer te laat,' riep Cem. 'Dat is al de derde keer deze week.'

'Misschien moeten we een inzameling houden voor een nieuwe wekker,' opperde Mert.

'Of we geven hem een cursus klokkijken,' zei Rick lachend. 'Misschien…' Hij stopte abrupt en gleed van zijn tafel naar beneden op zijn stoel. 'Hoi, mees- ter!'

Het werd direct stil in de klas. Meester Kas sloot de deur achter zich en liep naar zijn tafel.

'Verslapen, meester?' probeerde Cem lollig, maar de glimlach op zijn gezicht verdween onmiddellijk toen hij de strenge blik van de meester zag.

'Rekenboeken, graag,' zei de meester. 'Taak veer- tig… en ik wil het eerste halfuur geen woord meer horen.'

Zwijgend werden de rekenboeken tevoorschijn ge- haald.

'Die is vast met zijn verkeerde been uit bed gestapt,' fluisterde Saartje.

'Met twee verkeerde benen als je het mij vraagt,' vulde Nikki aan.

'Saartje! Nikki!' bulderde de stem van meester Kas. 'Was ik niet duidelijk genoeg?'

'Jawel, meester,' zei Nikki, die niet kon geloven dat de meester echt zo boos was. Ze was nog niet zo lang op deze school. Na het overlijden van haar vader was Nikki samen met haar moeder verhuisd naar deze stad. Ze had het best eng gevonden, de eerste dagen in haar nieuwe klas, maar juist de meester had haar het gevoel gegeven dat ze welkom was. Hij was al- tijd hartstikke aardig!

'We vroegen ons alleen af waarom u zo uit uw hu- meur bent,' zei ze zacht.

'Ik ben helemaal niet uit mijn humeur! En nu aan het werk!'

Nikki fronste haar wenkbrauwen, maar zei niets meer. Ze was niet van plan de dupe te worden van zijn boze bui. Wat teleurgesteld sloeg ze haar werkboek open. Rekenen was haar favoriete vak, maar vandaag was de fun ver te zoeken. Ze keek naar Janine, die tegenover haar zat. Zo te zien was de meester niet de enige met een slecht humeur. Was het Nationale Depridag, of zo? Waarom was iedereen zo chagrijnig vandaag? De meester, Janine, haar moeder...

Nikki probeerde de gedachten aan haar moeder weg te duwen, maar het lukte niet echt. Ze hadden vreselijk ruzie gemaakt vanochtend. Voor het eerst sinds de begrafenis had Nikki zich niet meer kunnen beheersen en ze had geschreeuwd tegen haar moeder. Het was een explosie van woede, verdriet en onmacht geweest. Nikki kon zich alles wat ze haar moeder had toegeroepen nog woordelijk herinneren.

'Ben je vanmiddag na school gezellig thuis?' had haar moeder gevraagd.

'Weet niet,' mompelde Nikki, terwijl ze een boterham met pindakaas smeerde.

'Je bent nooit meer thuis.'

'Jij bent tussen de middag altijd weg,' mopperde Nikki. 'Overblijven is niet echt mijn ding.'

'Daar kan ik niets aan doen, lieverd. Ik werk. Sommige dingen gaan voor in het leven.'

'Precies,' zei Nikki. 'Dus waarom moet ik dan wel thuis zijn voor jou?'

'Niets moet, maar ik vind het wel fijn als we weer eens wat samen doen. Praten, lachen, een spelletje doen. Zullen we vanmiddag samen schilderen?'

'Nee mam, ik ga liever naar het plein. Daar zijn al mijn vrienden.'

'Maar lieverd, ik zou het heel fijn vinden als je een keertje thuis bent 's middags.'

'Ik snap helemaal niets van jou,' riep Nikki. 'Eerst wilde je dat ik je zoveel mogelijk met rust liet, omdat je papa's dood in je eentje moest verwerken. Telkens als ik met je wilde praten over papa of over ons, zei je dat ik lekker moest gaan spelen en stuurde je me naar buiten. Frisse lucht is goed voor je, zei je dan. Ga vriendinnen zoeken, sporten...'

'Ik...' stamelde haar moeder. 'Ik wilde niet dat je verdrietig was.'

'Maar dat ben ik wel!' Nikki voelde haar ogen prikken. 'Net als jij! Maar jij stuurt me steeds weg. Je zegt dat ik je het beste help door lief te gaan spelen. Weet je wel hoe rot dat voelt?' Nikki kon niet meer stoppen. 'Ik wil je niet nog verdrietiger maken. Daarom ga ik zoveel mogelijk naar buiten.'

'Dat... dat wist ik niet...'

'Nee, natuurlijk niet,' zei Nikki. 'Je weet niets van mij. En weet je hoe dat komt? Omdat je er nooit naar vraagt. Al die tijd heb ik je steeds met rust gelaten, zoals je wilde. En ik heb je raad opgevolgd. Ik heb vriendinnen gezocht, ik ben gaan sporten. En weet je wat het gekke is? Het werkte nog ook. De afleiding maakte me minder verdrietig en de laatste tijd kan ik zelfs weer lachen.'

'Daar ben ik blij om, lieverd,' zei haar moeder. 'Zal ik vanmiddag dan iets lekkers halen voor ons voor bij de thee? Stroopwafels of...'

'Mam, je luistert niet naar me!' had Nikki geroepen. 'Ik ga vanmiddag naar het plein!'

Haar moeder knikte. 'Oké, ik begrijp het. Als je vriendinnen belangrijker zijn.'

'Dat is niet eerlijk!' Nikki duwde haar bord van zich af en stond op. 'Je doet nu net of het mijn schuld is dat je steeds alleen bent.'

'Helemaal niet, ik wil alleen...'

'Ik wil, ik wil. Je denkt alleen maar aan jezelf.' Het was eruit voor ze er erg in had. Heel even aarzelde Nikki, maar toen ging ze door. 'Je vindt jezelf zielig nu papa dood is. Nou, dan heb ik een verrassing voor je: met zielig zijn kom je niet ver.' Ze liep de kamer uit. 'Ik moet naar school.'

Zonder nog een woord te zeggen had ze haar spullen gepakt en was ze weggegaan. Het spierwitte gezicht van haar moeder stond op haar netvlies gebrand.

'Nikki?' De stem van de meester schalde door de klas.

Nikki keek op.

'Gaan we nog aan het werk?'
Nikki verschoof op haar stoel en boog zich over haar
werkboek.

HOOFDSTUK 2

'Waarheid, durven of doen?' Cem keek Janine uitdagend aan. Hij was de laatste die was overgebleven van het potje tafeltennis dat ze met zijn allen hadden gespeeld. De tafeltennistafel stond midden op het schoolplein. Een groep van wel twintig kinderen speelde mee. Aan weerskanten stond een rij. Steeds als je de bal over het net had geslagen, moest je langs de tafel naar de andere kant rennen om daar, als je aan de beurt was, de bal weer terug te slaan. Wie miste, of in het net sloeg, was af. De rij werd zo steeds korter en op het laatst bleven er twee kinderen over die tegen elkaar mochten spelen. Wie dan het eerst vijf punten had, won en mocht iemand uit de groep uitdagen.

'Ik doe niet meer mee,' bromde Janine en ze wilde weglopen.

'Ho, ho, dat gaat zomaar niet,' riep Cem. 'Wie meedoet, moet zich aan de regels houden. Je deed mee en ik heb dit rondje gewonnen. Ik kies jou en je moet kiezen uit waarheid, durven of doen.'

De anderen knikten instemmend.

'Ja, Janine,' riep Claire. 'Niet zo flauw doen. Als je nu stopt, mag je nooit meer meedoen!'

Janine keek met een schuin oog naar Cem. Wat wilde hij van haar? Wedden dat hij haar ging vragen over Niels? Daar had ze geen zin in. Waarheid was geen optie. Doen of durven dus… Als ze doen koos, moest ze iets doen wat hij haar opdroeg. Als ze durven koos, kon ze altijd nog zeggen dat ze het niet durfde.

'Nou?'

'Durven,' zei Janine en ze wachtte in spanning af wat Cem haar zou vragen.

'Durf jij…' begon Cem en hij keek met een schuin oog naar de meester, die iets verderop stond, bij de andere leraren. 'Durf jij de meester te vertellen dat hij twee verschillende sokken aanheeft?'

Een paar kinderen begonnen te grinniken.

'Oeps,' riep Thijs. 'Ik weet niet of ik dat wel zou durven. De meester is niet echt in voor geintjes vandaag.'

'De meester is nergens voor in de laatste tijd,' zei Eva. 'En die sokken zijn niet het enige wat er mis is. Zijn kleren zien er niet uit! Hebben jullie die vlek gezien op zijn broek? En er zit ook een gat in zijn trui, van achteren. Kijkt die man wel eens in de spiegel?'

Janine rechtte haar rug. Ze was blij dat Cem Niels erbuiten had gelaten. 'Dat durf ik wel, hoor,' zei ze. Terwijl ze naar de groep leraren liep, volgden de anderen haar op korte afstand.

'Hoi, meester,' zei Janine en ze keek zo onschuldig mogelijk.

Meester Kas keek om. 'Janine?'

Janine wees naar zijn voeten. 'Weet u dat u twee verschillende sokken aanhebt?'

Meester Kas keek naar beneden en trok zijn broekspijpen iets op. 'O, eh... nee, wat dom van me.' Snel liet hij zijn broekspijpen weer zakken, zodat zijn sokken onzichtbaar waren. 'Bedankt. Ik zal er morgen op letten.'

Janine draaide zich om en liep met opgeheven hoofd terug naar de groep. 'Zo goed?'

Saartje klopte haar op de schouder. 'Goed gedaan!'

'Nog een rondje?' riep Thijs, die al klaar stond met zijn tafeltennisbatje. 'Janine mag weer meedoen, want ze heeft haar opdracht gedaan.'

'Nee, ik doe even niet meer mee,' zei Janine, die zag dat Niels haar bij de hoek van de school onopvallend wenkte. 'Eh... ik moet naar de wc.'

Ze legde haar tafeltennisbatje in de mand en liep in de richting van de schooldeur. Vanuit haar ooghoeken zag ze Niels om de hoek van de school verdwijnen. Ze keek om. De rest van de kinderen had het te druk met het nieuwe rondje tafeltennis. Snel glipte ze de hoek om en voelde dat iemand haar arm vastpakte.

'Janine, sorry…' Niels drukte haar dicht tegen zich aan. 'Het spijt me. Ik…'

Janine was op slag haar boosheid vergeten en gaf hem een kus. Het kon haar niets schelen dat hun verkering geheim moest blijven. Zolang Niels maar verliefd op haar was.

'Dus je bent niet meer boos?'

Janine schudde haar hoofd. 'Waar waren we gebleven?' fluisterde ze en ze drukte haar lippen weer op zijn mond.

De rij rondom de tafeltennistafel werd steeds klei ner. Uiteindelijk bleven Saartje en Mert over.

'Ik zou maar uitkijken als ik jou was, ' riep Cem. 'Saartje is goed!'

'Ik ook,' riep Mert en hij sloeg de bal.

Saartje en Mert waren aan elkaar gewaagd. Steeds sloegen ze de bal over het net. De anderen keken gespannen toe.

'Aan de kant,' brulde Saartje toen Malin te dicht bij de tafel kwam staan. Hijgend strekte ze haar arm, maar ze was net een fractie van een seconde te laat en miste de bal.

'Gewonnen!' riep Mert en hij leunde met zijn handen op zijn knieën.

'Dat is niet eerlijk,' riep Saartje. 'Malin stond in de weg.'

'Je kunt toch wel tegen je verlies?' Mert keek Saartje uitdagend aan.

'Eh… jawel, maar…'

'Nou dan!' Mert kwam voor Saartje staan. 'Ik mag iemand kiezen… en ik kies jou! Waarheid, durven of doen?'

Er klonk gejoel. Saartje hijgde. Wat was Mert van plan? Waarom koos hij haar uit?

'Vraag haar of ze nog op je is,' riep Jochem.

Saartje besloot meteen dat ze niet koos voor de waarheid. Dat plezier gunde ze Jochem niet.

'Laat haar het schoolplein vegen,' bedacht Renske.

Saartje keek bedenkelijk. Bah, wat een flauwe opdracht.

'Zou ze durven zingen voor de klas?' vroeg Puk zich hardop af.

Mert glimlachte naar Saartje. 'Nou? Wat kies je?'

Saartje dacht na. Mert zou haar nooit iets geks laten doen, toch? Hij was op haar. Dat wist ze zeker. Zij had hun verkering uitgemaakt, maar Mert gluurde nog steeds stiekem naar haar als hij dacht dat ze niet keek. Ze besloot de gok te wagen. 'Doen,' zei ze.

'Oké! Dit is wat je moet doen.' Mert boog zich naar voren en fluisterde iets in Saartjes oor.

Ze schrok en schudde haar hoofd. 'Mooi niet!' riep ze verontwaardigd.

'Je moet,' zei Mert en hij sloeg zijn armen over elkaar. 'Anders lig je er voor altijd uit en ben je een lafaard.'

'Wat moet ze doen dan?' vroeg Janine, die net kwam aanlopen. Met moeite kon ze een glimlach verbergen. Niels liep verderop en ze zag dat hij naar haar keek. Ze voelde haar wangen gloeien.

'Moet je niet even naar Niels zwaaien?' zei Valerie lachend, die naast haar kwam staan.

Janine schudde haar hoofd en draaide zich om, zodat ze met haar rug naar Niels stond. 'Nee, hij kan de pot op!'

Ze wendde zich weer tot Mert. 'Nou? Wat moet Saartje doen?'

Ook de anderen keken vragend naar Mert, maar die bleef zwijgen. Alsof hij wist dat het een onmogelijk plan was.

'De schoolcomputer kraken,' zei Saartje boos. 'Hij wil dat ik de beveiliging van de schoolcomputer kraak, zodat we onder schooltijd kunnen internetten.'

Het werd stil om hen heen.

'Dat meen je niet,' fluisterde Renske en ze keek naar Mert. 'Man, dat is hartstikke link.'

'Weet ik.' Mert keek triomfantelijk in het rond. 'Maar als het lukt, zullen jullie mij heel dankbaar zijn. En Saar hier is een computergenie. Dat weet iedereen. Als het haar niet lukt, lukt het niemand.'

'Volgens mij is het onmogelijk,' zei Thijs. 'Meester Kas heeft op alles wachtwoorden gezet en het schoolsysteem is supergoed beveiligd. Je kunt dat niet zomaar kraken.'

'Saartje wel,' zei Mert. 'Toch, Saar?'

Saartje had al die tijd niets gezegd. 'Ik weet het niet,' zei ze aarzelend.

Mert ging pal voor haar staan. 'Luister! Jij bent niet alleen mooi, maar ook heel erg slim. Ik weet zeker dat je het kunt.'

Saartje probeerde haar verlegenheid te verbergen. Ze was voor niets en niemand bang en durfde werkelijk alles, maar complimentjes in ontvangst nemen ging haar moeilijk af. Dat was ze niet gewend. Knokken ja, dat kon ze. Een grote mond geven, iemand afkatten, de baas spelen... allemaal geen probleem. Zo was ze opgevoed. Haar ouders deden niet anders en verwachtten deze houding ook van hun enige kind. 'De wereld is hard, Saar,' vertelde haar moeder dag in dag uit. 'Zorg dat je ze de baas blijft.'

Saartje kon zich niet herinneren dat ze ooit een compliment van haar ouders had gehad. Niet voor haar uitstekende rapporten, niet toen ze haar zwemdiploma's haalde en al helemaal niet over haar uiterlijk. 'Van complimenten ga je naast je schoenen lopen,' zei haar vader altijd. 'Geloof ze maar niet.'

'Ik kan het natuurlijk altijd proberen,' zei Saartje zacht.

'Je bent gek,' siste Janine. 'Doe het niet.'

'Dat lukt je toch nooit,' zei Thijs.

'Nee,' beaamde Cem. 'Zoiets is onmogelijk.'

Saartje glimlachte. Het feit dat niemand in haar geloofde, maakte haar vastberadener dan ooit. Ze zou hun eens laten zien wat ze allemaal kon. 'Niets is onmogelijk.' Ze stak haar wijsvinger uit. 'Moet jullie eens opletten!'

Nikki greep haar vriendin beet. 'Kappen nou! Je laat je opjutten door een stelletje dombo's dat zelf niets van computers weet.'

Saartje schudde zich los. 'Dat maak ik altijd nog zelf uit.' Ze keek naar haar klasgenoten die om haar heen stonden. 'Ik doe het... op één voorwaarde.'

'En dat is?' vroeg Mert met een brede grijns op zijn gezicht.

'Dat iedereen hier zijn mond houdt. Mocht er iets fout gaan, dan weten we van niets.'

Terwijl iedereen knikte, ging de bel.

'Goed,' zei Saartje. 'Dan begin ik maar meteen. 'Wie staat er zo dadelijk ingeroosterd voor de computer?'

Renske stak haar hand op. 'Ik...'

'Mooi,' zei Saartje. 'Dan ruilen wij. Zeg maar tegen de meester dat je liever je rekentaak even afmaakt en dat je je beurt aan mij hebt gegeven. Ik moet nog wat dingen opzoeken voor mijn werkstuk, goed?'

Renske knikte wat overdonderd. 'Maar ik heb mijn rekenwerk al af.'

Saartje lachte. 'Dat is dan ook voor het eerst.' Ze wuifde met haar hand. 'Verzin dan maar wat anders. Zorg er in ieder geval voor dat de meester het komende uur niet op de gang komt.'

Meester Kas stond bij de deur van de klas en wachtte tot iedereen binnen was. 'Ben jij aan de beurt voor de computer, Saar?'

Saartje zat op de gang achter een van de computers en knikte. 'Eh... Renske heeft met mij geruild. Ik moet nog wat aan mijn werkstuk doen.'

'Niet te lang,' zei meester Kas. 'Ik wil over een halfuur beginnen met opruimen.'

Saartje keek op haar horloge. 'Dan al?' Ze fronste haar wenkbrauwen. 'Zo'n puinhoop is het toch niet in de klas?'

'Ik wil meteen weg als de bel gaat,' mompelde meester Kas. 'Ik heb een... eh... belangrijke afspraak tussen de middag.'

'O.' Saartje zette de computer aan. 'Nou, dan gaan we maar snel aan het werk.'

'Goed zo.' Meester Kas sloot de deur en het geroezemoes in de klas verstomde. Saartje haalde diep adem en pakte de muis vast. 'Daar gaat-ie,' mompelde ze.

Terwijl iedereen zich over zijn werk boog, liep meester Kas langs de groepjes om te kijken of hij ergens kon helpen.

'Pssst, Janine!' Nikki boog zich naar haar toe. 'Is het uit?'

Janine gluurde naar meester Kas die bij het groepje aan de andere kant van de klas stond. Hij kon hen niet horen praten. 'Eh... hoezo?'

'Doe niet zo suffig,' siste Nikki. 'We zagen je heus wel met Niels om het hoekje verdwijnen. Wat heb je gezegd? Vond hij het erg dat je het uitmaakte?'

Janine aarzelde. Ze had helemaal geen zin om over Niels te praten.

'Geen geheimen, toch?' Valerie herinnerde haar vriendin met een grijns aan hun afspraak van een tijd geleden. Na het schoolfeest hadden Saartje, Janine en zij Nikki opgenomen in hun vriendinnengroepje en ze hadden elkaar beloofd om geen geheimen voor elkaar te hebben.

'Echte vriendinnen vertellen elkaar altijd alles,' had Saartje gezegd en ze hadden hun belofte bezegeld met een toren van handen.

Janine wist maar al te goed wat Valerie bedoelde. 'Niels gaat zijn gang maar,' verzuchtte ze.

Valerie legde haar pen neer. 'Dus het is uit?'

'Tuurlijk is het uit,' zei Nikki. 'Zoiets pik je toch niet!'

'Janine?' Valerie keek haar vriendin vragend aan.

'Hij wil niet dat zijn vrienden weten dat wij iets hebben,' ging Janine verder.

'En?' Valerie keek vragend.

'Nou,' fluisterde Nikki, 'je bent verliefd of je bent het niet. En als je verliefd bent, dan mag de hele wereld dat toch weten? Ik vind het raar dat hij zich voor Janine schaamt tegenover zijn vrienden.'

Valerie pakte Janines hand. 'Dat pik je toch niet?'

Janine zei niets en trok haar hand langzaam terug. Het was overduidelijk wat haar vriendinnen vonden. En misschien hadden ze wel gelijk ook.

'Niels is niet echt verliefd op je,' stelde Nikki vast. 'Echt, Janine: dumpen die handel.'

Janine aarzelde. 'Hij zegt dat hij op mij is.' Haar ogen glansden. 'Als we alleen zijn, dan zegt hij heel lieve dingen en…' Ze sloeg haar ogen neer.

Valerie schudde peinzend haar hoofd. 'Ik snap het niet. Ik ken Niels al jaren, hij is mijn buurjongen. Zoiets doet hij niet zomaar. Hij laat zich vast opjutten door zijn vrienden. '

'Ja,' zei Janine, die blij was dat Valerie het voor Niels opnam. 'Volgens Niels moeten zijn vrienden niets hebben van meisjes. Hij ligt eruit als ze erachter komen dat wij iets hebben.'

'Hij moet dus kiezen?' stelde Valerie vast.

'Eigenlijk wel.' Janine zuchtte. 'En ik wil hem niet dwingen om te kiezen.'

Nikki liet haar pen vallen. 'Dan nog blijft hij een lafaard,' siste ze. Ze stak haar duim op. 'Goed van je dat je het hebt uitgemaakt!'

Valerie keek wat verbaasd. 'Dus je hebt het echt uitgemaakt?'

'Eh…' Janine keek haar vriendinnen aan en zweeg. Ze kon maar beter niets meer zeggen. Als ze dachten dat het uit was, dan stopte het gezeur vanzelf. Ze had het niet uitgemaakt met Niels. Integendeel. Ze had hem verteld dat ze het niet erg vond dat ze stiekem verkering hadden.

Nikki legde haar hand op het kruispunt van de vier tafels. 'Geen geheimen!'

Valerie legde haar hand op die van Nikki en herhaalde de twee woorden. 'Geen geheimen!'

De dwingende blikken van haar vriendinnen maakten Janine nerveus. 'Geen geheimen,' sprak ze zacht en ze legde haar hand op de andere twee. De vingers van haar andere hand hield ze gekruist onder haar tafel…

'Dames, kunnen we misschien aan het werk gaan?' De stem van meester Kas bulderde door de klas. 'Over een halfuurtje gaan we opruimen.'

'Dan al?' riep Cem. 'Maar dat red ik nooit.'

'Gewoon doorwerken, Cem,' sprak de meester. 'En niet kletsen.'

'Maar ik klets helemaal niet,' riep Cem beledigd. 'Ik ben toch geen meid?'

'Meiden kletsen niet,' Nikki grijnsde. 'Meiden delen hun geheimen.'

'O, noem je dat zo.' Cem lachte.

Nikki stak haar tong uit.

'En nu is het genoeg,' zei meester Kas. 'Aan het werk.'

'Wat bent u toch chagrijnig, meester,' ging Nikki overmoedig verder.

'Wat zei je?' Meester Kas keek Nikki onderzoekend aan.

Nikki bleef de meester strak aankijken. 'Eh… ik zei dat u…' begon ze, maar verder kwam ze niet.

'Pak je spullen maar.' Meester Kas gebaarde dat ze naar hem toe moest komen.

Aarzelend sloeg Nikki haar boek en schrift in elkaar en pakte haar etui op. 'Ik bedoelde alleen maar…'

'En snel een beetje,' riep meester Kas bars, terwijl hij naar de deur liep.

Op de gang kreeg Nikki een tafel toegewezen van de meester. 'Misschien dat je nu aan het werk kunt?' Zijn strenge blik deed Nikki zwijgend knikken.

Meester Kas keek heel even op naar Saartje, die nieuwsgierig opkeek van haar beeldscherm.

'En geen woord tegen elkaar, begrepen?'

Saartje mompelde dat ze het veel te druk had en dook weg achter haar computer. Met een klap viel de deur achter de meester dicht.

HOOFDSTUK 3

'Doe je mee?' Cem hield de bal hoog op zijn voet.
Nikki schudde haar hoofd. 'Straks misschien...'
'Is er wat?'
'Nee, niets... Hoezo?' Nikki zat op het muurtje
naast de snackbar. Ze was direct uit school naar het
plein gegaan, precies zoals ze het haar moeder had
gezegd. Meestal voetbalde ze met de jongens, of ze
kletste wat met de meiden die zich iedere middag
verzamelden bij de stenen banken. Maar op de een of
andere manier voelde het vandaag anders en had ze
geen zin in deze dingen. Ze moest steeds denken aan
de ruzie met haar moeder. Had ze toch niet beter
naar huis kunnen gaan?
'Doe niet zo flauw,' ging Cem verder. 'We hebben
een spits nodig.'
'Bel Huntelaar,' bromde Nikki.
'Ik wist niet dat je kwaad werd,' antwoordde Cem.

'Ben ik niet.'

'Nou, het lijkt er anders wel op.' Cem draaide zich om en liep terug naar zijn vrienden. 'Nikki heeft even geen trek in ons, jongens.'

'In jou zul je bedoelen,' zei Mert lachend en hij gaf Nikki een knipoog. 'Je pakt het weer helemaal verkeerd aan. Als ik het vraag, wil je dan wel meedoen?'

Nikki schudde haar hoofd en een lachsalvo van de rest van de jongens volgde.

Boos schopte Mert de bal weg. 'Dan niet! Blijf je toch lekker op je muurtje zitten.'

Nikki reageerde niet.

'Hee sukkel! Kijk eens uit, ja!' riep Saartje die net kwam aanlopen en de bal tegen haar benen kreeg.

Nikki sprong van het muurtje af. 'En? Is het gelukt?'

Nieuwsgierig kwamen de anderen erbij staan.

Saartje had na het halfuurtje 's morgens ook nog de halve middag op de gang achter de computer gezeten, zogenaamd voor haar werkstuk. Thijs en Puk hadden hun computeruurtjes aan Saartje gegeven en Meester Kas had het wonder boven wonder allemaal best gevonden. Alsof hij er met zijn gedachten niet echt bij was. Hij was trouwens ook weer te laat teruggekomen die middag en had niet eens de moeite genomen om zich te verontschuldigen. 'De afspraak liep wat uit,' was het enige wat hij zei.

Toen de bel ging, was Saartje nog druk bezig en had

ze de meester gevraagd om nog heel even te mogen doorwerken. 'Dan ben ik klaar, meester,' had ze gezegd. Terwijl de rest van de klas naar huis ging, en ook de meester haastig vertrok, was Saartje ijverig doorgegaan.

'Het was eigenlijk onmogelijk,' verzuchtte Saartje. Ze liet zich op een van de stenen banken vallen. 'Echt, er zaten zo veel wachtwoorden op.'

'Maar?' Nikki had nog steeds geen antwoord op haar vraag.

Saartje keek op. 'Het spijt me...'

Mert deed een stap naar voren. 'Sorry, het was stom van me om zoiets te vragen. Ik weet dat je je best hebt gedaan. Ik had je een andere opdracht moeten geven.'

Nikki fronste haar wenkbrauwen. Er klopte iets niet. Zo te zien was Saartje helemaal niet teleurgesteld. Het leek wel alsof...

'Wat spijt je eigenlijk?' vroeg Nikki argwanend.

'Het spijt me dat het niet wat sneller is gegaan,' antwoordde Saartje en haar ogen twinkelden.

'Dus het is je wel gelukt?' Nikki's stem sloeg over.

Saartje sprong op en pakte Nikki beet. 'Ja! Ja! Ja!' Ze sleurde Nikki mee in haar enthousiasme en samen sprongen ze op en neer.

'Ik heb de code gekraakt,' zei Saartje lachend. 'En we kunnen nu elke website bekijken die we willen.'

'Echt?' Mert kon het niet geloven.

'Ik ben morgenochtend aan de beurt,' riep Joyce. 'Ben ik de eerste!'

Saartje stak haar vinger op. 'Ja, maar we moeten wel heel voorzichtig zijn. Als de meester erachter komt…'

'Iedereen houdt zijn mond,' zei Thijs. 'Erewoord.'

'Moet ik iets intoetsen of zo?' vroeg Joyce nieuwsgierig. 'Ik neem niet aan dat je meteen aan de slag kunt?'

'Ik heb er een wachtwoord opgezet,' ging Saartje verder. 'Alleen als je het wachtwoord weet, kun je buiten het netwerk om werken.'

'En dat is?'

Saartje aarzelde. 'Ik weet niet of ik dat nu…'

'Tuurlijk wel,' zei Thijs. 'Ons kun je vertrouwen.'

In de verte kwamen een paar jongens aangefietst uit andere klassen. Janine verschoot van kleur. Het rode jack van Niels herkende ze meteen.

'Vlug,' zei Thijs. 'Vertel op!'

'Het wachtwoord is wachtwoord,' siste Saartje.

Het duurde even voordat het tot iedereen doordrong.

'Hahaha, die is goed!' riep Mert. 'Dat raadt niemand.'

'Goed en simpel,' zei Saartje. 'Een wachtwoord moet makkelijk te onthouden zijn, maar niet makkelijk te raden zijn voor anderen.'

Ze keek in het rond. 'En denk erom: buiten onze klas mag niemand dit weten, begrepen?'

Er werd wat gemompeld.

'Dus niet doorvertellen aan andere klassen,' ging Saartje verder. 'Ook niet aan je broer of zus…' Ze keek naar Janine. 'Of aan vriendjes of vriendinnetjes. Dit is ons geheim!'

'Geheim?' riep Rick die zijn fiets met een slip tot stilstand bracht. Hij had de laatste woorden van Saartje gehoord.

Niels stopte achter hem. Heel even kruiste zijn blik die van Janine. Snel sloeg ze haar ogen neer.

'Ja, en dat houden we graag zo,' riep Nikki, die de bal uit Cems hand sloeg en met haar voet stillegde. 'Potje?'

Binnen enkele minuten was Nikki met de jongens aan het voetballen en zaten de meiden te kletsen.

'Waar is Valerie eigenlijk?' vroeg Saartje. 'Ze zou wel komen, toch Janine?'

Janine schrok op. 'Eh… wat?'

'Laat die Niels toch,' zei Saartje die wel doorhad dat Janine steeds naar Niels zat te kijken. 'Het is toch overduidelijk dat hij jou niet belangrijk vindt. Het is uit, laat het lekker zo.'

'Is het uit?' Renske en de andere meiden wilden gelijk alles weten.

Janine had niet zo'n zin om erover te praten, maar voordat ze dat kon zeggen, begon Saartje in geuren en kleuren te vertellen wat er aan de hand was. Janine probeerde haar nog te stoppen, maar iedereen hing geboeid aan Saartjes lippen.

'…En daarom heeft ze het uitgemaakt,' besloot Saartje haar verslag.

'Net goed,' reageerde Claire. 'Jongens kunnen zo niet-leuk zijn.'

Janine glimlachte wat. Ze had de pest in dat Saartje alles zomaar aan iedereen vertelde. Zoiets deed je toch niet?

'Er zijn nog genoeg andere leuke jongens,' zei Renske.

'Over leuke jongens gesproken,' zei Saartje.

In de verte kwam Myren aangefietst met naast hem Valerie. Ze zwaaide.

Saartje fronste haar wenkbrauwen. 'Wat doen die twee nu bij elkaar?'

'Hoi allemaal,' zei Valerie en ze sprong van haar fiets af. 'Sorry dat ik wat later ben.'

Ze zwaaide naar Myren, die doorfietste.

'Wat moet jij met Myren?' vroeg Saartje.

'O,' zei Valerie lachend, 'we kwamen gelijk aanfietsen. Gewoon toeval.'

'Hee, Myren… Doe je mee?' De stem van Nikki schalde over het plein.

Myren schudde zijn hoofd. 'Nee, ik heb andere plannen. Zie je vanavond bij trainen. Hoi!'

'Ik geloof dat ik ook maar op voetbal ga,' verzuchtte Saartje, terwijl ze de wegfietsende Myren nastaarde.

'Mag je eerst wel gaan oefenen,' zei Valerie lachend, terwijl ze naast Saartje op het bankje ging zitten.

'Myren zit in D1… dat zijn de besten. Daar kom je echt niet zomaar binnen.'

'Waarom niet?' zei Saartje. 'Nikki kwam ook meteen in D1.'

'Nikki zat al jaren op voetbal voordat ze hiernaartoe verhuisde,' weerlegde Valerie Saartjes redenatie. 'Die is gewoon goed.'

Saartje staarde naar Nikki, die net een doelpunt scoorde en door twee jongens omarmd werd. 'Wat zij kan, kan ik ook!' Ze sloot haar ogen. 'Hmm, stel je voor dat ze mij omarmen als ik scoor.'

'Droom lekker verder.' Valerie stopte haar fietssleutel in haar broekzak. 'Wat zijn jullie aan het doen?'

'Niets,' antwoordde Saartje die nog steeds wat dromerig keek. 'Wachtwoord.'

'Ssst…' Het gesis was oorverdovend.

'Wat nou?' riep Saartje. 'Ik zeg toch niets?'

'Je zei wachtwoord,' siste Renske.

'Nou en? Dat is een gewoon Nederlands woord, hoor!' Haar stem ging over op fluistertoon. 'En als jullie iedere keer in de stress schieten van dit woord, dan valt het op.'

'Wat valt op?' Valerie keek van de een naar de ander.

Renske vertelde in het kort wat Saar gedaan had.

Het was even stil.

'Dus als ik het goed begrijp,' zei Valerie. 'Is het wachtwoord wachtwoord?'

'Ja,' zei Saartje. 'En zullen we er nu over ophouden?'

Valerie knikte. 'Ik heb ook iets te vertellen. Kijken jullie wel eens naar *School op stelten?*'

'Die duffe soap?' riep Saartje. 'Nee, hoezo?'

Het gezicht van Valerie betrok. 'O… eh… zomaar.'

'Ik heb het vorig jaar wel gevolgd,' zei Renske. 'Die Mark Didam is wel een lekker ding. Maar de laatste tijd gebeurt er eigenlijk niet zoveel meer.'

'Ik las dat ze de serie gaan pimpen,' zei Claire. 'Er komen nieuwe verhaallijnen en nieuwe acteurs.'

'Nou, ze doen hun best maar,' schamperde Saartje. 'Als het niets is, zal het ook nooit iets worden.'

'Je kunt je aanmelden voor audities,' ging Valerie voorzichtig verder.

'Welke dombo doet zoiets?' riep Saartje. 'Je gaat toch niet voor schut staan voor miljoenen mensen?'

Valerie zweeg.

'We kunnen ons beter concentreren op andere dingen,' zei Janine. Haar blik gleed naar Niels, die net op zijn fiets stapte en de straat uit reed. 'Ik moet gaan.'

'Gaan?' Saartje keek verbaasd. 'Nu al? Waar naartoe dan?'

Janine liep naar haar fiets. 'Naar mijn oma. Doei!'

'Gezellig,' bromde Saartje toen Janine wegfietste. Ze draaide zich naar Valerie. 'Wat had jij nou te vertellen?'

'O, niets!' Valerie glimlachte. 'Laat maar. Er staat een poster van Mark Didam in het laatste nummer van…'

Nikki kwam hijgend aangerend en viel haar in de rede. 'Gaat Janine weg?'

'Ja,' Renske grijnsde. 'Ze moest naar haar oma.'

'Jammer.' Ze wees naar de jongens. 'Doen jullie mee met trefbal? Jongens tegen de meiden.

Cem is al bezig met het trekken van krijtlijnen op het plein.'

'Ik niet,' zei Valerie en ze stond op. 'Ik moet nog wat doen thuis.'

Saartje sloeg haar armen over elkaar. 'Ook al? Wat is dit? Het lijkt wel alsof iedereen vandaag eerder weg moet. Eerst Janine, nu jij...'

'En Niels moest ook al eerder naar huis,' vulde Nikki aan. Ze stuiterde de bal voor haar op de grond. 'Komt mooi uit. Zijn we met precies evenveel jongens als meisjes.'

Saartje staarde in de richting waarin Janine was weggefietst en fronste haar wenkbrauwen. 'Dus Niels moest ook naar huis,' mompelde ze.

Valerie liep naar haar fiets.

'Hee, Val...' Saartje liep achter Valerie aan. Ze keek achterom, maar de anderen konden haar niet horen. Die waren al druk bezig met het indelen van het trefbalveld. 'Volgens mij gaat Janine helemaal niet naar haar oma. Niels weg, Janine weg... Wel heel toevallig, hè?'

Valerie bleef staan en keek verrast om.

'Die hebben nu vast stiekem afgesproken,' zei Saartje. 'Ze zei dat ze het had uitgemaakt, maar volgens mij was dat gelogen.' Ze ging dichter bij Valerie staan. 'Luister,' ging ze verder. 'Niels is jouw buurjongen. Als jij nu toch naar huis gaat, kun je misschien even checken of Niels inderdaad naar huis is gefietst... alleen?'

'Waarom?' vroeg Valerie.

'Om te kijken of ik gelijk heb, suffie. Jij wilt toch ook weten of Janine de boel belazert?'

Valerie slikte. 'Eh... ja, in principe wel, maar...'

'Mooi!' viel Saartje haar in de rede. 'Jij fietst nu als de bliksem naar huis en kijkt of Niels daar met Janine is.'

'Saar! Kom je nog?' De stem van Nikki galmde over het plein.

'Ik moet gaan,' siste Saartje. 'Doen hoor!'

Valerie knikte wat afwezig en stapte op haar fiets.

HOOFDSTUK 4

Valerie had helemaal geen zin om Janine of Niels te bespioneren. Waarschijnlijk zag Saartje weer spoken, zoals zo vaak. Niels moest eerder naar huis en Janine moest naar haar oma... Nou en? Dat kon toch?

Valerie reed de bocht om en fietste op haar gemak richting huis. Het was mooi weer. Het zonlicht kriebelde op haar gezicht. Langzaam kwam het vrolijke gevoel weer terug. Gek eigenlijk dat een paar opmerkingen van Saartje haar goede bui konden verpesten.

Valerie glimlachte. Ze dacht terug aan vanmiddag. De brief van het castingbureau had alles op zijn kop gezet. Ze mocht auditie komen doen voor een rol in *School op stelten*. Stel je voor, een rol in een van de bekendste soaps!

Valerie droomde al jaren van een leven als actrice en

vond het heerlijk om zich te verkleden, zich op te maken en de rol van andere mensen te spelen. Acteren was haar ding en als ze wilde, kon ze iedereen voor de gek houden.

Maar de negatieve opmerkingen van Saartje daarnet over die soap had ze niet leuk gevonden. Was het echt zo'n kinderachtig programma? Nee toch? Ze keek iedere avond en genoot ervan. Ze had het afgelopen jaar nog geen aflevering gemist. Vooral bij de scènes met Mark Didam, alias Freaky Freek, zat ze aan de buis gekluisterd. Mark was vijftien, knap, lief en hij speelde ook nog eens de rol van deejay. Alle meidenbladen stonden vol met zijn foto's.

Ach, het kon haar eigenlijk niets schelen dat Saartje zo negatief deed over die soap. Als ze straks die rol kreeg, zou ze stinkend jaloers zijn... wedden? Geen haar op haar hoofd die er nog over piekerde om Saartje te vertellen dat ze auditie had gedaan voor die soap. Moest ze maar niet zo chagrijnig doen. Logisch toch dat je dingen verzweeg als er iedere keer commentaar werd geleverd? Was dat het verbergen van een geheim? Welnee. Ze had het gewoon even niet verteld. Dat was heel wat anders. Als iemand zich schuldig maakte aan het verbergen van geheimen, dan was het Janine wel. Zou ze echt stiekem met Niels gaan, zoals Saartje had gezegd? Ze kon het zich bijna niet voorstellen. Waarom zou Janine daarover liegen?

Er klonk getoeter en Valerie trapte van schrik op haar rem.

'Hee, dame! Kun je niet uitkijken? Waar zit je met je gedachten?' Een boze vrachtwagenchauffeur stak zijn hoofd uit het raam.

'Sorry,' riep Valerie geschrokken.

De vrachtwagenchauffeur sloot zijn raam en trok op. Valerie voelde haar hart in haar keel kloppen. Dat was op het nippertje. Hijgend keek ze om zich heen. Had iemand haar domme actie gezien?

Haar oog viel op het fietsenhok bij de sporthal. Het schot rondom de fietsenrekken leek te bewegen. In een flits zag ze twee paar voeten onder het schot door. Er stonden twee mensen in het fietsenhok, een jongen en een meisje zo te zien.

Net toen Valerie verder wilde rijden, zag ze het meisje een stap buiten het fietsenhok zetten en ze herkende de jas van haar vriendin meteen. Het was Janine. Twee armen trokken haar terug het fietsenhok in.

Valerie schudde haar hoofd. Nee, dat kon niet waar zijn. Had Saartje dan toch gelijk? Hadden Niels en Janine nog stiekem verkering? Ze stapte van af en zette haar fiets tegen een boom. Behoedzaam liep ze naar de overkant van de straat.

De ingang van het fietsenhok was naar de sporthal gericht. Valerie liep over de stoep naar links, zodat ze steeds dieper het hok in kon kijken.

Eerst zag ze de bekende jas… daarna twee armen die

om de jas waren geslagen. Voorzichtig liep Valerie door, maar meer kreeg ze niet te zien. De twee tortelduifjes stonden te veel in de hoek.

Valerie besloot het grasveld op te lopen dat recht voor het fietsenhok lag. Ze moest het weten. Het gras onder haar voeten sopte.

'Getver,' mompelde ze toen ze met haar voet wegzakte in de modder. De prut op haar schoenen deed haar aarzelen. Het gras werd alleen maar natter en modderiger. Als ze doorliep, kon ze haar schoenen wel afschrijven. Was dat het waard?

'Waarom doe ik dit?' vroeg ze zich hardop af. 'Ik lijk wel gek.'

Behoedzaam liep ze terug naar de stoep. Ze stampte met haar voeten en de klodders modder vlogen in het rond. Ze veegde de zijkant van haar schoen af aan het gras.

'Lekker dan,' mompelde ze. Ze stak de straat over en pakte haar fiets. Nog heel even keek ze achterom, maar de twee paar voeten stonden nog steeds in het fietsenhok.

Valerie glimlachte en manoeuvreerde haar fiets de rijbaan op.

'Ik moet gaan.' Janine deed een stap naar achteren. 'Echt, Niels… ik…'

'Wat doe je nou moeilijk,' zei Niels, terwijl hij de jas van Janine vasthield.

'Ik doe niet moeilijk,' protesteerde Janine. 'Jij doet moeilijk.'

'Ik?'

'Ja, jij wilt alles stiekem doen. Dat voelt niet goed.' Ze sloeg haar ogen neer. 'Ik lieg tegen mijn vriendinnen en dat wil ik niet.'

'Van mij hoef je niet te liegen,' zei Niels en hij pakte haar hand. 'Als zij hun mond maar houden.'

'Hoor je wel wat je zegt?' vroeg Janine. 'Saartje houdt echt haar mond niet, hoor!'

Niels streelde haar wang. 'Maak er niet zo'n probleem van.'

'Dat doe ik wel!' Janine raakte geïrriteerd. 'Het zit me gewoon niet lekker. Mijn vriendinnen vinden ook dat…'

'Je vriendinnen,' viel Niels haar in de rede. 'Wat hebben jouw vriendinnen hier nu mee te maken? Ik heb verkering met jou. Niet met je vriendinnen.'

Janine schudde haar hoofd. 'Nee, maar ik ben het met ze eens. Jij wilt dit stiekeme gedoe… ik niet!'

'Maar gisteren zei je nog dat het oké was,' stamelde Niels.

'Ja, maar nu weet ik het niet meer. Mijn vriendinnen hebben gelijk. Je schaamt je voor mij.'

'Doe niet zo raar,' zei Niels. 'Ik vind jou super, dat weet je toch? En ik schaam me niet voor jou!' Niels' stem sloeg over. 'Wat is nou precies jouw probleem?'

Janine boog haar hoofd. 'Ik heb mijn vriendinnen verteld dat het uit is.'

'O…' Niels haalde zijn schouders op. 'Zit ik niet mee.'

Janine zuchtte. 'Nee, jij niet… Maar ik wel.'

'Waarom dan?'

'Omdat het niet waar is.'

'Nou en?'

Janine keek Niels aan. 'Ik wil niet liegen tegen mijn vriendinnen. Dat voelt niet goed.'

'Dat voelt niet goed… Dat voelt niet goed…' Niels herhaalde de woorden van Janine op een zeurderige toon. 'Wat kunnen meiden toch moeilijk doen.'

Hij pakte haar gezicht. 'Luister, we hebben niets met anderen te maken. Het enige wat ik vraag is om het nog even geheim te houden,' verzuchtte Niels.

'Even?'

'Nou ja… voorlopig,' krabbelde Niels terug. 'Doe niet zo moeilijk, zeg. Ik moet even bekijken hoe ik dit ga regelen.'

'En ondertussen moet ik maar liegen tegen mijn vriendinnen?'

Niels wuifde met zijn hand. 'Meiden doen niet anders, toch? Die hebben altijd geheimen voor elkaar. Zo zijn meiden. Daar genieten ze volgens mij ook nog van. En trouwens…' hij trok Janine naar zich toe, 'in het geheim is het spannender, toch?'

Janine probeerde de kus van Niels te ontwijken.

'Please?' fluisterde Niels.

'Oké, oké,' zei Janine, die het gezeur zat was. 'Maar niet te lang.'

'Ik beloof je dat ik het zal goedmaken,' zei Niels en hij gaf haar een kus. 'Echt!' Hij duwde haar van zich af en glimlachte. 'Ik moet naar huis. Morgenochtend weer afspreken?'

Janine deed een stap opzij om Niels te laten passeren. 'Misschien.'

Niels pakte zijn fiets en gaf Janine een knipoog. 'Dag, schoonheid.'

Glimlachend keek Janine hem na. Ze kon er niets aan doen. Hij was gewoon te leuk!

Janine wachtte een minuutje en pakte toen ook haar fiets. Het stoplicht stond op groen en ze spurtte het kruispunt over.

Valerie zette haar fiets in de schuur en liep naar haar voordeur. In de verte zag ze Niels aan komen fietsen. Ze zwaaide.

'Hoi, Niels. Een omweg genomen?'

Niels stak zijn hand op. 'Ja, nog even wat getraind.' Hij stapte van zijn fiets af en liep de stoep op.

'Bij de sporthal?'

'Eh… ja, hoe weet jij dat?'

'O, ik zag je je oefeningen doen in het fietsenhok.'

Heel even leek Niels van zijn stuk gebracht.

Valerie ging verder. 'En samen trainen is natuurlijk

een stuk leuker dan alleen alle oefeningen doen, toch?'
Het verschrikte gezicht van Niels deed haar glimlachen. 'Is er wat?' vroeg ze bezorgd. 'Je ziet zo wit.'
Ze liep naar Niels en sloeg een arm om hem heen. Ze
leefde zich helemaal in haar rol in. 'Ach, Nielsje,
volgens mij heb je veel te hard getraind. Je bent echt
niet lekker. Kijk je wel een beetje uit met al dat trainen?'
Niels schudde zich los. 'Neem je mij nu in de maling of hoe zit dat?'
Valerie trok haar onschuldigste gezicht. 'Nee, hoe
kom je daar nu bij? Ik ben alleen maar bezorgd.'
'Ja, ja...' Niels stem klonk sarcastisch. 'Zeg nou
maar gewoon dat je mij met Janine in het fietsenhok
hebt gezien.'
'Nee!' Valerie sloeg haar handen voor haar gezicht.
'Wat vertel je me nou? Echt waar? Is het dan toch
nog aan met Janine? Jullie hadden het toch uitge...'
'Kappen nou,' viel Niels haar in de rede. 'Je hebt ons
lopen bespioneren. Als je ook maar één woord tegen
mijn vrienden zegt...'
Valerie genoot van haar acteerspel en deed er nog een
schepje bovenop. 'Ben je nou boos op mij?' vroeg ze
en ze trok een beledigd gezicht. 'Dat is niet eerlijk...'
Valerie concentreerde zich en voelde haar ogen nat
worden. Nog even doorzetten, dacht ze. Die tranen
moesten er komen.

'Ik ben geen spion,' zei ze zacht en ze voelde de traan uit haar ooghoek rollen. Met grote onschuldige ogen keek ze haar buurjongen aan. 'En al helemaal geen verklikker.'

'Sorry,' zei Niels. 'Zo bedoelde ik het niet.'

'Mooi!' Valerie veegde haar gezicht droog en liep naar haar voordeur, zonder nog om te kijken. Alleen het applaus ontbrak, maar voor de rest had ze een geweldige act opgevoerd. Als ze zo acteerde bij de auditie dan kon het haast niet misgaan.

Ze opende de voordeur met haar sleutel en stapte naar binnen.

'Hoi, mama!' Haar stem schalde door de lange gang, maar er klonk geen reactie. Valerie smeet haar tas onder de kapstok en trok haar jas uit. 'Mam? Waar ben je?'

Ze hing haar jas op en liep door naar de kamer. 'Mam?' Valerie vond de huiskamer verlaten en liep door naar de keuken. Ook daar was haar moeder niet. 'Mam?' Onder aan de trap bleef ze staan. 'Mam, ben je boven?'

Er kwam geen antwoord. Wat verbaasd keek Valerie op haar horloge. Haar moeder had allang thuis moeten zijn. Ze zou alleen even naar de winkel gaan in de tijd dat Valerie bij haar vriendinnen op het plein was. Valerie liep terug naar de keuken en trok de koelkast open. Zo te zien was er nog geen eten gehaald. Waar kon haar moeder nu zijn?

Ze pakte de telefoon en drukte de sneltoets in die haar verbond met de mobiel van haar moeder. De telefoon ging over, maar er werd niet opgenomen.

'Vreemd,' mompelde Valerie en ze drukte de telefoon uit.

Ze zouden toch samen gaan oefenen voor de auditie? Daarom was ze vroeger naar huis gekomen. Had ze het wel goed afgesproken met haar moeder?

Valerie liep naar de tafel waar de envelop lag met de spullen voor haar auditie. Langzaam haalde ze de papieren uit de envelop en bekeek de tekst.

Ze hadden haar een scène toegestuurd om uit het hoofd te leren. Het was een behoorlijk lange scène, waarin Valerie de rol van Angela speelde, een jong meisje dat gek was op Freaky Freek. In de bewuste scène probeert Freek haar duidelijk te maken dat ze te jong voor hem is. Het was best een lastige scène, met veel emoties, zoals woede, blijdschap en angst. Maar Valerie wist hoe ze dat moest aanpakken. Ze hoefde alleen de tekst maar uit haar hoofd te leren. Als haar moeder de rol van Freek deed, zou de rest vanzelf gaan. Met opgetrokken knieën ging ze op de bank zitten en ze las het script door. Ze kon het beste maar vast beginnen. Haar moeder zou zo wel komen.

Op dat moment ging de telefoon.

Valerie stond op en in gedachten verzonken nam ze op en zei haar naam. Aan de andere kant van de lijn klonk gesnik.

Valerie schrok. 'Mam?'

'Valerie... niet schrikken. Ik ben in het ziekenhuis. Ik heb een ongeluk gehad. Papa is al onderweg hier naartoe.'

'Is het erg?' riep Valerie, die meteen de vreselijkste dingen dacht.

'Een gebroken been,' vertelde haar moeder. 'Ik moet een paar dagen blijven.'

Valerie voelde zich rustiger worden. Het was niet ernstig. Gelukkig.

Ze keek naar het script in haar hand en kreunde. 'O nee...'

'Sorry, lieverd, ik kon er niets aan doen. Die auto gaf geen voorrang en...'

Valerie staarde naar de datum van de auditie die linksboven op de brief stond. Zaterdag al... Zonder haar moeders hulp zou ze die scène nooit goed kunnen oefenen. 'Hoe moet dat nou, mam?' zei ze, meer tegen zichzelf dan tegen haar moeder.

'Maak je maar net ongerust. Papa is zoveel mogelijk thuis,' zei haar moeder. 'En natuurlijk kom je op bezoek.'

'Ja...' Valerie schaamde zich dat ze alleen maar aan zichzelf dacht. Maar waarom moest haar moeder nu net vandaag haar been breken?

'Valerie?'

'Ja, mam?'

'Papa komt straks naar je toe. Hij zou zo ook de buren even inlichten. Dan weten ze dat je alleen thuis bent.'

'Ik red me wel,' mompelde Valerie. 'Ik blijf hier op papa wachten, goed?'

'Zeker weten?'

'Maak je geen zorgen, mam.'

Haar moeder zuchtte. 'Ik moet nu ophangen. De dokter is er. Dag, lieverd! Doe voorzichtig.'

'Dag mam.' Valerie liet zich op de bank vallen. De telefoon gleed uit haar handen en belandde op de grond. Deze keer waren haar tranen echt.

Op dat moment werd er op het achterraam geklopt. Het gezicht van Niels verscheen boven de rij planten die op de vensterbank stond. Hij zwaaide en gebaarde dat ze de tuindeur moest openmaken.

Valerie stond op en liep naar de achterdeur.

'Ik moest vragen of je…' Hij stopte en keek naar het betraande gezicht van Valerie. 'Huil je alweer?'

'Nee, ik lach… nou goed!' Valerie smeet de deur achter Niels dicht en liep terug naar de kamer. 'Je hebt het zeker al gehoord?'

Niels knikte. 'Ja, je vader belde net naar mijn moeder. Wat erg voor je. Maar gelukkig is het niet zo ernstig, toch? Alleen een gebroken been.'

'Voor mij is het wel ernstig,' mompelde Valerie en ze smeet de papieren van de auditie op tafel. 'Nu kan ik het wel schudden.'

'Wat?' Nieuwsgierig boog Niels zich over de tafel en

probeerde te lezen wat er op het bovenste vel stond. Valerie griste de papieren voor zijn neus weg. 'Gaat je niets aan.'

'*School op stelten?*' herhaalde Niels de woorden die hij had gelezen. 'Is dat niet die soap met Freaky Freek die elke dag...'

'Ja.'

Er viel een stilte. Valerie had geen zin om alles uit te leggen. Helemaal niet aan Niels.

Het gezicht van Niels straalde. 'Mag jij auditie doen? Las ik dat goed?'

Hij vatte het zwijgen van Valerie als een ja op en ratelde verder. 'Te gek! Wanneer is dat? En krijg je dan een rol in die soap? Maar hoe moet dat dan met school? En kan iedereen meedoen? Misschien zoeken ze ook nog een jongen?'

Valerie glimlachte. 'Ho, ho, zo veel vragen kan ik niet beantwoorden.' Ze keek Niels aan. 'Ja, ik heb me opgegeven en nu mag ik auditie doen. Over een paar dagen al.' Haar gezicht betrok. 'Ik zou met mijn moeder oefenen, maar dat gaat nu niet door.' Ze wapperde met het script. 'Heb je wel gezien hoeveel tekst dit is? Dat red ik nooit in mijn eentje.'

Niels pakte het script van haar aan en bekeek de tekst. 'Hmm, best moeilijk. Je moet dit met een jongen spelen?'

Valerie knikte. 'Ja, mijn moeder zou de jongensrol voor haar rekening nemen.'

'Rot voor je,' mompelde Niels. 'Kan een van de mei-den niet met je oefenen? Saartje of Nikki of...'

'Zij weten het niet,' bromde Valerie.

'O?'

'Ja, kijk niet zo schaapachtig,' mopperde Valerie. 'Je bent niet de enige die dingen verzwijgt voor zijn vrienden. Voordat ik iets kon zeggen over de auditie, begonnen ze die soap af te kraken. Het was kinderachtig en stom, en ze konden zich niet voorstellen dat iemand daarin wilde meespelen.' Ze keek naar Niels. 'Nou, toen was de lol er gauw vanaf en heb ik maar niets gezegd.'

'Mooi is dat,' zei Niels lachend. 'Zitten we in hetzelfde schuitje.'

Het was even stil.

'Ik wil het wel doen,' zei Niels toen. 'Lijkt me best gaaf. Misschien ben ik wel heel goed in acteren.'

Valerie fronste haar wenkbrauwen. 'Wil jij met mij oefenen?'

'Ja, waarom niet? Jij helpt mij, ik help jou.'

'Waarmee help ik jou dan?' vroeg Valerie argwanend.

'Door je mond te houden over Janine en mij en haar onopvallend te steunen tegenover die andere vriendinnen van jullie. Zonder dat ze weet dat jij... Nou ja, je begrijpt me wel, toch?'

Valerie knikte. Ze begreep Niels volkomen. Hij was slimmer dan ze had gedacht.

'Oké,' zei ze. 'Goed plan, maar dat betekent wel dat je deze week na schooltijd hier bent. En het blijft een geheim. We zeggen het tegen niemand, begrepen?'

'Ook niet tegen Janine?'

'Helemaal niet tegen Janine,' zei Valerie.

'Maar...' Niels' gezicht betrok.

'Je verzint maar een smoes,' zei Valerie. 'Doe ik ook. Jij zegt niets over mijn auditie, ik zeg niets over jou en Janine. Deal?'

'Oké, afgesproken,' zei Niels zacht.

Valerie keek op haar horloge. 'Zullen we dan maar meteen beginnen?'

HOOFDSTUK 5

'Wat eten we?' Nikki liep de keuken in en tilde de
deksel van de pan. 'Mmm, ruikt goed.'
Haar moeder pakte boter uit de koelkast. 'Was het
gezellig?'
'Ja, we hebben trefbal gespeeld.' Nikki legde de
deksel weer terug op de pan. 'Meiden tegen jongens.
Wij hebben gewonnen natuurlijk.'
'Natuurlijk.' Haar moeder glimlachte.
Nikki keek op. 'En wat heb jij gedaan vanmiddag?'
'O, niets eigenlijk.' Haar moeder draaide het gas
uit en pakte de pan op. 'Wil jij de tafel dekken?'
Terwijl Nikki twee placemats en bestek op tafel legde, goot haar moeder de aardappelen af.
'Sorry, mam,' zei Nikki. Ze pakte twee borden uit de
kast en zette die op de placemats. 'Ik bedoel van vanochtend. Zo bedoelde ik het niet.'

'Weet ik, lieverd… weet ik.' De stem van haar moeder klonk zacht, bijna gelaten.

'Is er wat?' Nikki keek haar moeder onderzoekend aan.

'Nee hoor, hoezo?'

'Je doet zo… zo…' Nikki kon niet op het juiste woord komen. Haar moeder was anders nooit zo kortaf. Net alsof ze er niet met haar gedachten bij was. 'Ach, laat maar. Mag ik ketchup?'

Even later zaten ze aan tafel. Zwijgend aten ze hun eten op. Nikki voelde zich wat ongemakkelijk. Haar moeder was wel erg stil.

'Heb je nog geschilderd?' vroeg Nikki.

'Nee.'

Weer stilte.

'Hoe was het op je werk?'

'Goed hoor, zijn gangetje. Hoe was het op school?'

'Leuk.' Nikki wist het even niet meer. Alles wat ze zei, leek niet echt aan te komen. Een onrustig gevoel bekroop haar. Was ze vanochtend te hard geweest? Ze had haar excuses toch aangeboden? Zou er wat anders aan de hand zijn? Maar wat?

'Ben je klaar?'

Nikki schoof haar lege bord iets naar voren en knikte. 'Het was lekker, mam.'

'Mooi zo!' Haar moeder stond op en liep met de twee lege borden naar de keuken. 'Wil je een beetje yoghurt toe?'

'Ja, lekker.' Nikki balde haar vuisten. Gek werd ze hiervan. Het leek wel alsof ze in een enge droom met zombies beland was.

Twee bakjes yoghurt werden op tafel gezet. 'Kijk eens,' haar moeder glimlachte, 'yoghurt met verse aardbeien. Ik kon ze niet laten liggen.'

De telefoon ging.

'Ik ga wel!'

Terwijl haar moeder naar de telefoon in de kamer liep, lepelde Nikki een aardbei uit haar yoghurt. In de verte hoorde ze haar moeders stem. Nikki slikte de aardbei door en dacht aan de training van vanavond. Volgende week zaterdag moesten ze tegen nummer twee in de poule een inhaalwedstrijd spelen. Als ze wonnen, schoven ze door naar de eerste plaats. De trainer zou vanavond flink met hen aan de slag gaan.

'Smaakt het?' Haar moeder kwam tegenover haar zitten.

'Heerlijk,' zei Nikki en ze nam nog een hap. 'Wie was het?'

'Oma… Of we volgende week zaterdag langskomen. Ik heb gezegd dat we er rond het middaguur zijn.'

Het was alsof Nikki een klap in haar gezicht kreeg.

'Maar mam… dan moet ik voetballen. Dat heb ik je verteld.'

'O, nou, dat is dan jammer. Oma gaat voor.'

'Dat is niet eerlijk!' riep Nikki boos. 'Je bent het gewoon vergeten. Bel oma maar terug. We komen zondag wel.'

Haar moeder schepte wat verse aardbeien in haar bakje. 'Geen sprake van. En we gaan nu niet weer ruziemaken.'

Nikki snoof. 'Ga dan maar alleen naar oma. Ik pak de bus wel na de wedstrijd.'

'Geen sprake van. Wij gaan gewoon samen.'

'Maar de trainer...'

'En nu wil ik er geen woord meer over horen.'

Nikki schoof haar bakje naar achteren en stond op. 'Je bent gemeen!'

Met betraande ogen stoof ze de trap op.

'Waar zit jij met je gedachten?' Myren schopte de bal weg en kwam naast Nikki staan. 'Problemen?'

'Ja,' mompelde Nikki. Ze waren al een halfuur aan het trainen en ze had nog geen bal goed geraakt. Het ging nu ook de anderen opvallen.

'Thuis?'

Nikki haalde haar schouders op. 'Mijn moeder is vreselijk.'

Ze vertelde in het kort wat er de afgelopen dagen gebeurd was. 'Ze speelt gewoon de baas over me,' besloot ze haar verhaal. 'En het wordt alleen maar erger.'

'Je moeder heeft het gewoon moeilijk,' zei Myren. 'Ze mist je vader.'

'Ik niet dan?' riep Nikki. 'In plaats dat we het samen

gezellig maken, lopen we alleen maar op elkaar te mopperen.'

'Hee, kop op,' zei Myren. 'Zo erg kan het toch niet zijn? Als je eens wist hoeveel ruzie ik thuis had.'

Nikki probeerde uit alle macht de tranen tegen te houden. 'Dit is anders. Sinds de dood van mijn vader is mijn moeder veranderd.' Ze balde haar vuisten. 'Ze regelt mijn leven van minuut tot minuut en wil dat alles gaat zoals zij dat plant. Zo was ze vroeger nooit.'

'Misschien omdat je vader toen alles regelde?'

Nikki keek op. 'Geen idee. Ik weet alleen dat ik volgende week niet mee kan voetballen.'

'Wat?' Myren keek geschrokken. 'Maar we missen al twee spelers en als we verliezen, kunnen we het schudden.'

'Ik weet het,' verzuchtte Nikki. 'Maar ik moet mee naar mijn oma. Mijn moeder snapt gewoon niet hoe belangrijk die wedstrijd is. Snap je nu waarom ik boos ben?'

'Ik begrijp je steeds beter,' mompelde Myren.

'Gaan we nog wat doen, of hoe zit dat?' De stem van de trainer klonk boos. 'Het is hier geen theekransje!' Hij kwam naar hen toe gelopen.

'Nikki speelt volgende week niet mee,' zei Myren.

'Zo, en waarom niet?'

Nikki haalde haar schouders op. 'Ik moet mee naar mijn oma.'

'Ze moet van haar moeder,' verduidelijkte Myren.

De trainer knikte. 'Hmm, ik zal je moeder straks wel even bellen om te vertellen hoe belangrijk deze wedstrijd is.'

'Ik denk niet dat het wat uitmaakt,' mompelde Nikki.

'Aan de slag jullie,' riep de trainer en hij klapte in zijn handen. 'Ik regel dit wel.'

Nikki en Myren spurtten het veld op.

Na de training fietste Nikki direct naar huis. Ze had geen zin om met de jongens nog wat te keten bij de kantine. Niet nu!

Ze fietste zo hard ze kon naar huis. Ze liet al haar spieren zwoegen. Hijgend zette ze haar fiets in de tuin en opende de voordeur. Ze hoorde haar moeders stem. Nikki bedaarde. Ze haalde een paar keer adem en voelde hoe haar hart rustiger begon te kloppen.

Zachtjes zette ze haar tas onder de kapstok en sloot de deur achter zich. Toen sloopt ze naar de kamerdeur.

'Ik snap dat die wedstrijd belangrijk is,' hoorde ze haar moeder zeggen. 'Maar u begrijpt waarschijnlijk ook dat Nikki en ik zware weken achter de rug hebben.'

Het bleef even stil. Nikki gluurde de kamer in en zag haar moeder bij het raam staan met de telefoon in haar handen.

'Meneer,' riep haar moeder boos, 'ú bepaalt niet wat goed is voor mijn dochter. Dat weet ik nog altijd zelf het beste. Nikki gaat met mij mee naar mijn moeder en daarmee uit. U vraagt maar een speler uit een ander team om in te vallen. Goedenavond.'

Nikki liep terug naar de voordeur, opende die voorzichtig en smeet hem vervolgens luid dicht. 'Ik ben thuis!' riep ze.

Haar moeder kwam de gang in gelopen. 'Heb jij de trainer verteld dat je zaterdag niet kon spelen?'

Nikki knikte. 'Ja, dat moest toch?'

'Hij belde net.'

'O?' Nikki trok haar jas uit en deed net alsof ze heel verbaasd was. 'Wat zei hij?'

'Wat denk je!' Haar moeder snoof. 'Of je niet toch kon komen. Het was een belangrijke wedstrijd.'

Nikki zei niets en trok haar schoenen uit.

'Hij zei dat hij je niet kon missen.'

Nikki besloot om nog steeds niets te zeggen. Ze wilde niet weer ruziemaken met haar moeder.

'Ben je soms je tong verloren?' vroeg haar moeder.

Nikki haalde haar schouders op. 'Nee, maar alles wat ik zeg, is toch verkeerd.'

Ze liep naar de keuken en pakte een glas uit de kast. 'Ik heb geen zin in ruzie. Ik houd voortaan mijn mond.'

'Wat is dat nu weer voor onzin?' Haar moeder kwam

achter haar staan. 'Je doet net alsof ik een verschrikkelijke boeman ben.'

'Misschien ben je dat ook wel,' mompelde Nikki.

'Pardon?'

Nikki vulde haar glas met water uit de kraan. 'Ik ga naar boven.'

'Ik dacht het niet, jongedame,' zei haar moeder. 'Wij moeten praten.'

'Er valt met jou niet te praten,' riep Nikki. 'Ik praat wel met mijn vrienden. Die luisteren tenminste naar me.'

Het gezicht van haar moeder betrok en Nikki had meteen spijt van haar woorden. 'Sorry mam. Dat bedoelde ik niet zo.'

Haar moeder draaide zich om en liep naar de kamer. 'Mam?' Nikki zette haar glas neer en liep achter haar moeder aan, die op de bank was gaan zitten. Ze zag de schouders van haar moeder schokken. 'Huil je nu?'

Er kwam geen antwoord, maar het lichaam van haar moeder trilde.

'Mam, sorry! Niet huilen. Ik meende het niet.'

Haar moeder keek met een betraand gezicht op. 'Je meende het wel. En het ergste is dat je nog gelijk hebt ook. Kom eens hier.'

Haar moeder strekte haar armen en Nikki ging naast haar zitten. Diep verscholen in haar moeders omarming voelde ze haar boosheid verdwijnen.

'Ach, meisje toch,' mompelde haar moeder. 'Het spijt me. Ik ben helemaal verkeerd bezig.'

'Mam?' Nikki keek op.

'Ja, lieverd?'

'Denk jij nog wel eens aan papa?'

'Natuurlijk denk ik aan papa… Iedere dag wel duizend keer.' Haar moeder glimlachte. 'En jij?'

Nikki knikte. 'Ik ook,' fluisterde ze. 'Hij was de liefste man op aarde, toch?'

'Ja.'

Nikki nestelde zich weer in haar moeders armen. 'Ik mis papa vooral in het weekend. Hij hield van voetbal.'

'Ja, hij was ook reuzetrots op je. Vooral als je weer eens scoorde.'

'Papa was er altijd,' fluisterde Nikki. 'Soms denk ik nog steeds dat hij aan de kant staat mee te juichen. Gek hè?'

'Helemaal niet,' zei haar moeder. 'Ik weet zeker dat papa altijd bij ons is.' Ze ging rechtop zitten. 'Weet je wat? Ik kom volgende week naar de wedstrijd kijken.'

'Echt?' Nikki wist niet wat ze hoorde. 'Maar oma dan?'

'Ik bel oma wel op dat we na de wedstrijd komen. Wat papa kon, kan ik ook!'

Nikki gaf haar moeder een dikke knuffel. 'Je bent de liefste moeder van de hele wereld.'

Een koude windvlaag gleed over haar schouders en ze rilde.

'Heb je het koud?' vroeg haar moeder bezorgd.

'Een beetje,' antwoordde Nikki en ze kroop nog dieper weg in haar moeders armen.

HOOFDSTUK 6

'En nu is het uit!' De stem van de meester bulderde door de klas. 'Ik ben het zat! Erger nog: ik ben jullie zat.'

Iedereen zweeg en staarde verbaasd naar de ontploffende meester. Zo hadden ze hem nog nooit meegemaakt.

'Maar meester,' probeerde Nikki. 'We doen toch niets?'

'Juist, dat is het,' schreeuwde de meester en hij veegde een zweetdruppel van zijn voorhoofd. 'Deden jullie maar iets!'

'Dat is niet eerlijk,' riep Thijs. 'We doen allemaal ons best. U bent de laatste tijd zo snel boos.'

De meester fronste zijn wenkbrauwen. 'O, dus het ligt aan mij?'

'Dat zeg ik niet, meester,' zei Thijs zacht. 'Het is alleen…' Hij wachtte even.

'Nou?' Meester Kas liep naar Thijs toe en boog zich voorover.

'We zijn een beetje bezorgd, meester,' riep Nikki. 'Bent u ziek?'

Meester Kas ging rechtop staan. 'Nee, ik ben niet ziek. Ik ben alleen maar moe... Moe van jullie geklets en gelanterfant.' Hij zuchtte en liep terug naar zijn stoel. 'En nu wil ik er geen woord meer over horen.'

'Meester?' Renske stak haar vinger op.

'Ja?'

'Ik moet zo naar de vergadering over het voorleesontbijt. U zou nog vragen of uw vrouw dit jaar weer komt voorlezen in de klas.'

'Nee! Ze komt niet.'

'O...' Renske keek teleurgesteld. 'Maar we dachten...'

'Dit jaar komt ze niet,' herhaalde de meester. 'Ik... eh... heb het haar eerlijk gezegd ook niet gevraagd nu. Dat is op dit moment even moeilijk. Dus het lijkt me beter als jullie dit jaar iemand anders vragen. Nog meer vragen?'

Niemand durfde nog iets te zeggen.

'Mooi, dan kunnen we nu misschien aan het werk?'

Zwijgend begon iedereen aan zijn opgaven.

'Schiet je werkstuk op?' vroeg de meester aan Mert, die net terugkwam uit de gang.

'Eh... ja, hoor!' Mert gebaarde dat Janine nu aan de beurt was voor de computer.

67

'Hij heeft niets in de gaten,' siste Mert voordat hij ging zitten.

Janine liep naar de gang. Ze was blij dat ze even uit deze nare sfeer weg mocht. Het was de laatste tijd helemaal niet gezellig meer in de klas. Het gemopper van de meester werd steeds erger. Eindelijk was zij aan de beurt om te computeren. De halve klas was al geweest en zo te horen aan de reacties had iedereen er lustig op los gesurfd. Het wachtwoord van Saartje werkte prima en tot nu toe ging alles goed. Ze moesten alleen oppassen dat kinderen uit andere klassen het niet in de gaten kregen.

Janine ging zitten en typte het wachtwoord in. Snel klikte ze door naar haar eigen vriendenpagina.

Na een paar minuten besloot ze even naar de wc te gaan. De toiletten bevonden zich in de centrale hal. Als ze snel was…

Nadat ze haar handen had gewassen, liep ze terug naar de hal.

'Hee, schoonheid!' De fluisterende stem herkende ze uit duizenden.

'Niels!' Janine draaide zich om. 'Wat doe jij hier?'

'Boeken halen uit de bieb,' zei Niels. 'En jou lastigvallen.'

Janine keek om zich heen. Er was niemand in de hal behalve zij twee. 'Vanmiddag uit school afspreken?'

'Eh, ik kan niet,' antwoordde Niels.

'Niet?' Janine keek verbaasd. 'Maar vanochtend zei je…'

'Ik weet het, maar ik was vergeten dat ik al... eh... iets moest doen.'

'Wat dan?'

Niels begon onrustig van het ene op het andere been te wiebelen. 'O, iets voor mijn moeder. Sorry!' Hij gaf haar snel een kus op haar wang. 'Morgenochtend dan?'

Janine knikte teleurgesteld. 'Ja, is goed.'

'Ik moet nu gaan,' zei Niels. 'Doei.'

'Doei.' Langzaam liep Janine terug naar de computer. Iets in Niels' gedrag maakte haar onrustig. Het leek wel alsof hij iets voor haar verborg.

Meester Kas stond op de gang en zo te zien was hij aan het telefoneren. Doordat hij met zijn rug naar Janine stond, merkte hij haar niet op. Met een schuin oog keek Janine naar het scherm van de computer die vlak voor zijn neus stond. De screensaver was aangesprongen... Gelukkig! Janine haalde opgelucht adem. Stom! Ze had de website open laten staan toen ze naar het toilet ging. Hopelijk had niemand het gezien en was de screensaver haar redding. Janine kwam langzaam dichterbij. Ze ving flarden van het gesprek op. 'Ik weet het niet meer...' hoorde ze hem zacht zeggen. 'Echt, ik kan dit niet meer... De kinderen... Ja, ik vind het ook erg... maar ik stop ermee... Ik ga vandaag nog iets regelen met de directeur... Ja... ik zoek er iemand bij, goed? Dag!'

Janine keek geschrokken. Hoorde ze dat nou goed? Wilde de meester ermee stoppen?

'Zo, en waar was jij?' vroeg meester Kas, die zijn telefoon had uitgezet en zich omdraaide.

'Naar het toilet, meester,' stamelde Janine. 'Eh… ik kom net aanlopen.'

De meester keek haar onderzoekend aan, maar Janine liet niets merken. 'Mag ik erbij?'

Ze glipte om hem heen naar haar stoel. Ze voelde de ogen van de meester in haar rug prikken en wachtte met het aantikken van een toets totdat hij weg was. Dat was op het nippertje.

'Ik zweer het je,' zei Janine. 'Ik hoorde het hem zelf zeggen. Hij wil ermee stoppen.'

Ze stonden op het schoolplein bij de tafeltennistafel, maar kwamen niet toe aan een spelletje Waarheid, durven of doen. Iedereen maakte zich zorgen om wat Janine gezegd had. 'En hij gaat vandaag nog iets regelen met de directeur.'

'Zei hij ook waarmee hij wilde stoppen?' vroeg Renske.

Janine schudde haar hoofd. 'Nee, maar dat lijkt me duidelijk. Met lesgeven. Hij heeft zo de pik op ons de laatste tijd.'

'Maar hij kan toch niet zomaar ontslag aanvragen?' vroeg Claire onthutst.

'Hij is al een paar dagen heel snel boos,' mopperde

Thijs. 'Ik denk dat Janine gelijk heeft. Hij heeft er duidelijk geen zin meer in.'

'Er klopt iets niet,' zei Myren. 'Als hij wil stoppen met zijn werk, verklaart dat nog niet waarom hij de laatste tijd zo vergeetachtig is.'

'Ja,' beaamde Nikki. 'Hij draagt verschillende sokken, hij komt te laat, is steeds heel snel weg na schooltijd... Dat heeft niets te maken met ons, toch?'

'Eerder met verliefd zijn,' zei Valerie lachend en ze gaf Janine een knipoog. 'Daar raak je pas van in de war. Dan kun je zomaar ineens geheimen hebben voor je beste vrienden.'

Janine kreeg een kleur, maar zei niets.

'Hij heeft de laatste tijd ook altijd belangrijke afspraken,' zei Renske. 'Dan is-ie te laat en dan moet hij weer eerder weg... Wat is er toch aan de hand?'

'We moeten niet meteen het ergste denken,' zei Claire. 'De meester is gewoon moe. Hij is aan vakantie toe.'

'Ja, ja.' Myren grijnsde. 'Nou, dat ben ik ook. Al vanaf het begin van het schooljaar.'

Een paar kinderen lachten.

Saartje pakte haar tafeltennisbatje. 'Genoeg gekletst,' riep ze. 'Potje?'

Even later renden ze met zijn allen om de tafel.

'Meester, het is bijna tijd.' Renske wees op de grote klok boven de deur.

'O, is het alweer zover,' zei de meester, die opkeek

uit zijn boek. 'Allemaal snel opruimen en naar huis, jongens.'

Terwijl iedereen zijn spullen in zijn lade propte, pakte de meester zijn tas. 'O ja, voordat ik het vergeet: morgen ben ik er niet. De directeur komt een dagje bij jullie op bezoek.'

Er klonk ontevreden gemompel.

'Wat gaat u doen, meester?' verwoordde Thijs de nieuwsgierigheid van de hele klas.

'Eh... ik heb een dagje vrij.'

'Het is toch maar voor één dag, hè?' vroeg Nikki, die nu toch wel begon te twijfelen.

'Voorlopig wel.'

'Hoezo voorlopig?' vroeg Janine. 'Het is toch nog geen vakantie? Krijgt u zomaar vrij dan?'

Het werd doodstil in de klas. Je kon een speld horen vallen. De meester schraapte zijn keel. Maar nog voordat hij iets kon zeggen, begon iedereen door elkaar te roepen.

'Bent u ziek?'

'U neemt ons in de maling.'

'Wilt u soms weg?'

'Wat is er aan de hand?'

'U bent de hele week al uit uw humeur.'

'Gaat het wel goed?'

'Bent u boos op ons?'

De meester hief zijn armen. 'Jongens, jongens, zo veel vragen tegelijk kan ik niet beantwoorden. 'Het enige wat ik nu kan zeggen, is dat ik er morgen niet ben. De reden gaat jullie nu even niets aan. Is dat duidelijk? Het is al moeilijk genoeg voor me.'

Verbaasd hield iedereen zijn mond.

'Dan wens ik jullie een fijne dag morgen.' Met grote stappen liep de meester de klas uit.

'Nou moe…' mompelde Myren. 'Die durft!'

Wat verslagen liep iedereen de gang op. Het vooruitzicht van de volgende dag maakte geen van allen vrolijk. De directeur was niet hun favoriete meester.

'Ik denk dat ik morgen acuut ziek ben,' riep Saartje. Ze liep naast Myren en keek hem uitdagend aan. 'Samen ziek zijn is nog leuker.'

Myren glimlachte en trok zijn jas aan. 'Lijkt me niet verstandig. Als de directeur erachter komt…'

'Hmm, jammer,' mompelde Saartje.

'Gaan we naar het plein?' Nikki pakte haar tas.

'Ja, leuk. Zullen we gaan trefballen?' vroeg Janine.

Myren liep langs. 'Doen we. Weer jongens tegen de meiden?'

Er klonk enthousiast gemompel.

'Over een halfuur op het plein dan.' Myren gaf Nikki een knipoog. 'Of eerder?'

Saartje, die de knipoog niet gezien had, lachte naar Myren. 'Ja, eerder kan ook. Gezellig.'

Nikki draaide zich om en liep de gang uit. Ze wist niet zo goed wat ze van Myren moest denken. Waarom gaf hij haar nu een knipoog?

Janine liep met Valerie naar buiten.

'Tot zo dan,' zei Janine.

'Eh... ik kan niet,' zei Valerie.

'Waarom niet?'

'Ik moet iets anders doen vanmiddag... en morgen-middag ook.'

'Wat dan?'

Valerie boog haar hoofd. 'Ik heb je toch verteld dat mijn moeder in het ziekenhuis ligt.'

'Ja, maar het bezoekuur is toch pas vanavond?'

Valerie verschoot van kleur. 'Ja, maar ik moet nu al naar huis. Dat snap je toch wel?'

Ze liep naar haar fiets. 'Tot morgen.'

Vanuit haar ooghoeken zag Janine Niels in het fiet-senhok staan. Valerie zei wat tegen hem en hij lach-te. Terwijl Valerie haar fiets pakte, reed Niels het plein af. Heel even keek hij achterom en zwaaide naar Janine.

Janine zwaaide terug. Ze zag Valerie achter Niels aan fietsen. Een onrustig gevoel bekroop haar. Fiets-ten ze nu samen naar huis?

'Wat sta jij te dromen?' Saartje gaf Janine een klap op haar schouder. Nieuwsgierig keek ze mee in de richting waarin Janine keek. 'O, ik zie het al... Nielsje, Nielsje...'

'Doe niet zo flauw,' bromde Janine.

Saartje keek van Niels naar Janine. 'Waarom fietst Niels met Valerie mee, terwijl jij hier staat?'

'Het is toch uit!' riep Janine boos.

'Ben jij jaloers?' Saartjes ogen straalden. 'Dat is het! Je bent jaloers. Niels en Valerie… hmm… wel een leuk stel.'

'Ach, rot op!' Janine schudde zich los. 'Wat ben jij toch een ontzettende stoker. Niels heeft helemaal niets met Valerie. Ze zijn buren: logisch toch dat ze samen naar huis fietsen.'

'Hoe weet jij zo zeker dat ze niets hebben?'

'Omdat Niels en ik…' Ze stopte en keek verschrikt naar Saartje. 'Daarom!'

'Zie je wel,' riep Saartje. 'Je hebt het helemaal niet uitgemaakt met Niels. Zoiets dachten we al.'

'Jawel, echt waar.' Janine probeerde zo overtuigend mogelijk te klinken. 'Het is uit tussen ons. Over zoiets lieg ik toch niet?'

Saartje dacht na. 'Hmm, maar waarom kijk je dan zo jaloers naar die twee?'

Janine zuchtte. Saartje gaf niet snel op zeg. 'Niels zei dat hij vanmiddag iets anders te doen had. Hij kon niet naar het plein. En Valerie had ook al zo'n vage smoes.'

'Ze gaat vast naar haar moeder,' zei Saartje.

Janine schudde haar hoofd. 'Nee, daar gaat ze vanavond pas heen, zei ze.' Janine perste even haar lippen op elkaar. 'Er is iets. Ik zag het aan haar gezicht. En Niels deed ook al zo geheimzinnig. Ik weet het niet. Het is net alsof ze samen iets te verbergen hebben.'

Saartje leefde helemaal op. 'Een geheim? Gaaf…' Ze sloeg haar arm om Janine heen. 'Geheimen moet je ontrafelen, en dat is precies wat wij nu gaan doen.'

'Hoezo?'

'Pak je fiets. We gaan op onderzoek uit.'

'Maar we zouden toch naar het plein gaan?' Janine wist niet of ze dit wel zo'n goed plan vond.

'Myren wacht wel even op me,' zei Saartje. 'Wij gaan eerst haarfijn uitzoeken wat die twee gaan doen.'

'Maar…'

'Niets te maren,' viel Saartje haar in de rede. 'Geen geheimen, hadden we elkaar beloofd. Wil je het weten of niet?'

Janine boog haar hoofd en knikte. Saartje had gelijk. Dit wilde ze dolgraag weten!

HOOFDSTUK 7

'En dan zeg jij dit.' Valerie wees de regels tekst aan op het script in Niels' handen. 'Maar wel boos. Kijk, dat staat uitgelegd in de kantlijn.'

Niels knikte. Hij begon het door te krijgen. 'De tekst staat in het midden,' zei hij. 'Wie het zegt, staat links en hoe je het zegt, staat rechts.'

'Jij begint.' Valerie stond met haar armen in haar zij bij het raam.

Niels keek naar zijn tekst. 'Maar Angela… hij zei… eh… Sorry, opnieuw.'

Valerie zuchtte. 'Laten we even pauzeren.'

Ze liep naar de tafel en pakte haar glas op. 'Je moet je concentreren.'

'Dat doe ik ook,' mompelde Niels. 'Dit is gewoon niets voor mij.'

'Je kunt toch wel een paar regels tekst uitspreken op de juiste toon?'

'Blijkbaar niet.' Niels ging aan de tafel zitten en bekeek nogmaals zijn tekst. Hij mompelde de zinnen zacht voor zich uit. 'Lieve Angela, ik vind je een leuke meid.'

Valerie lachte. 'Dat is 'm!' Ze liep terug naar het raam. 'Hou dat vast.'

Niels liet zijn tekst op tafel liggen en stond op. 'Lieve Angela, ik vind je een leuke meid, maar...'

'O, Freek,' fluisterde Valerie.

Het bleef stil.

'Jij bent weer,' siste Valerie.

Niels liep snel terug naar de tafel en las de tekst hardop voor. 'Loop naar Angela en pak haar hand.'

'Nee, gek!' riep Valerie. 'Dat is wat je moet doen. In het midden staat wat je moet zeggen.' Ze hief haar armen in de lucht en zuchtte. 'Dit wordt nooit wat.'

'Nou, lekker dan!' snauwde Niels. 'Ik doe toch mijn best? Jij hebt je tekst al helemaal uit je hoofd geleerd. Ik niet. En dat ben ik ook niet van plan.'

Valerie haalde diep adem. 'Dat hoeft ook niet. Jij doet geen auditie... ik wel. En als ik niet oefen, wordt het niets! Jij hebt beloofd om mij te helpen, doe dat dan ook!'

Niels keek naar zijn script en mompelde de tekst weer zacht voor zich uit. Valerie staarde voor zich uit. De anderen waren nu op het plein aan het trefballen, bedacht ze.

'Oké,' riep Niels, 'daar gaan we weer.'

Ze stonden recht tegenover elkaar.

'Zeker weten?' vroeg Valerie.

'Begin nou maar,' zei Niels.

Valerie boog even haar hoofd en concentreerde zich. 'Ik vind je leuk, Freek.'

'Lieve Angela, ik vind je een leuke meid, maar...'

'O, Freek,' fluisterde Valerie.

Niels deed een stap naar voren en pakte Valeries hand. 'Je begrijpt me verkeerd, Angela,' zei hij. 'Het kan niet.'

'Wat... wat bedoel je?' vroeg Valerie en ze probeerde verbaasd te kijken. 'Ik vind jou leuk, jij vind mij leuk.' Ze knipperde met haar ogen. 'Wat is dan het probleem?'

Niels keek snel op het script. 'Vergeet me, Angela.'

'Maar waarom?' zei Valerie snikkend, terwijl ze een traan uit haar ooghoek perste.

Ze keek Niels vol verwarring aan.

Niels proestte het uit en liet Valerie los. 'Wat een dom gedoe, zeg!'

'Niels!' riep Valerie boos. 'Zo kan ik me niet inleven! Je moet me nu zacht een kus op mijn neus geven. Als afscheid. Doe nou effe mee, ja!'

'Staat dat allemaal in het script?' Niels' blik vloog over de tekst en zijn ogen werden groot. 'Moeten we zoenen? Mooi niet!'

Valerie zuchtte. 'Acteren... je moet een zoen acteren.'

'Een zoen is een zoen. Je denkt toch niet dat ik jou ga zoenen?'

'En waarom niet?' Valerie zette haar handen in haar zij. 'Zo lelijk ben ik toch niet?'

'Nee, nee... zo bedoelde ik het niet,' stamelde Niels. 'Maar ik ben op Janine, dus dan zoen ik niet met iemand anders.'

'Je hebt beloofd om mij te helpen, dus je doet precies wat ik zeg,' riep Valerie. 'Of wil je soms dat ik je vrienden vertel dat je verkering hebt?'

'Dat is flauw,' zei Niels.

'Het is blijkbaar nodig,' brieste Valerie. 'Nou? Wat doe je?'

'Oké, oké... jij je zin. Maar niet tien keer! Ik zoen je maar één keer. Dat moet genoeg zijn.'

Ze gingen weer tegenover elkaar staan.

'Jij begint,' zei Niels en hij schuifelde met zijn voeten. 'Kom maar op!'

'Kunnen we niet beter toch naar het plein gaan?' vroeg Janine. Ze stonden voor het stoplicht en konden nog linksaf. Het plein was vlakbij.

Saartje schudde haar hoofd. 'We krabbelen nu niet terug. Jij wilt toch ook weten of die twee wat te verbergen hebben?'

'Jawel, maar...' Janine hield met een schuin oog het stoplicht in de gaten.

'Ja, wat nou? Wil je het nou weten of niet?'

Janine zuchtte. 'Misschien niet.'

'Slappeling,' siste Saartje. 'Je bent bang dat Niels nu met Valerie gaat, omdat jij het hebt uitgemaakt. Waar of niet?'

Janine zei niets. De woorden van Saartje waren voor de helft waar. En dat was al erg genoeg. Ze was bang dat Niels Valerie inderdaad leuker vond, omdat zijzelf zo tegen hem had zitten zeuren over zijn vrienden. Waarom had ze daar toch zo'n probleem van gemaakt?

'Zie je wel,' ging Saartje verder.'Janine, luister...'

De harde toon in Saartjes stem deed Janine opkijken.

Saartjes gezicht stond strak. 'Zorg dat je altijd alles van iedereen weet en doe daar je voordeel mee.' Ze lachte. 'Niemand doet je wat zolang je de baas blijft.' Ze keek naar Janine. 'Je kunt het maar beter weten, toch?' zei ze toen op zachtere toon. 'Geen geheimen, weet je nog? We moeten elkaar kunnen vertrouwen. Ik heb er een hekel aan als vriendinnen iets voor me verbergen. Jij toch ook?'

Janine knikte, maar ze voelde haar hart in haar keel bonken. Niemand, en vooral Saartje niet, mocht te weten komen dat ze nog steeds met Niels ging.

Het stoplicht sprong op groen en ze staken de weg over. Niels en Valerie woonden aan de andere kant van het park. Janine en Saartje fietsten in snel tempo door.

'Ik hoop dat we ze op heterdaad betrappen,' zei Saartje. 'Net goed!'

'Nou, ik niet,' mompelde Janine. 'Zo leuk is dat niet!'

Saartje hield in. 'Eh… ja, zo bedoel ik het natuurlijk niet. Ik snap dat het rot voor je is als blijkt dat Niels nu iets met Valerie heeft, vlak nadat je het hebt uitgemaakt.'

Janine knikte en kneep stevig in haar stuur.

'Hier linksaf,' zei Saartje en ze stak haar hand uit. Janine volgde haar. Ze merkte dat haar trappers zwaarder aanvoelden. Alsof ze niet wilden.

'Kom je nog?'

Janine gaf haar trappers een flinke duw. Ze kon nu niet meer terug.

Niels stond er klaar voor. 'Pfff, daar gaan we weer.'

'Ik vind je leuk, Freek,' zei Valerie zacht.

'Lieve Angela, ik vind je een leuke meid, maar...'

'O, Freek,' fluisterde Valerie.

Niels deed een stap naar voren en pakte Valeries hand. 'Je begrijpt me verkeerd, Angela,' zei hij. 'Het kan niet.'

'Wat… wat bedoel je?' vroeg Valerie, in verwarring gebracht. 'Ik vind jou leuk, jij vind mij leuk.' Ze knipperde met haar ogen. 'Wat is dan het probleem?'

'Vergeet me, Angela.'

'Maar waarom?' zei Valerie snikkend, terwijl ze een traan uit haar ooghoek perste.

Ze keken elkaar recht in de ogen en Niels gaf Valerie een kus. 'Vergeet me,' zei hij en hij wilde zich omdraaien.

'Nee!' Valerie pakte Niels' arm en trok hem naar zich toe. Ze sloeg haar armen om hem heen en drukte haar lippen op zijn mond.

Valerie sloot haar ogen en secondelang bleven ze zo staan.

'Zo goed?' vroeg Niels ten slotte. Hij liet haar los.

Valerie knikte. 'Ja, ik geloof...' Ze stopte midden in haar zin en werd lijkbleek.

'Wat is er?'

Valerie staarde geschrokken naar het raam.

Niels draaide zich om en keek recht in het gezicht van Janine, die in de voortuin stond en met open mond naar binnen keek. Saartje stond iets verderop op de stoep bij de fietsen en grijnsde.

'Janine!' Niels spurtte de kamer uit naar de voordeur.

Valerie schudde haar hoofd. 'Het is niets,' riep ze, maar ze besefte dat haar woorden buiten niet te horen waren.

'Janine!' Door de openstaande voordeur hoorde Valerie de stem van Niels. 'Wacht!'

Hijgend stond Niels even later voor Janine en Saartje. 'Janine, het is niet wat je denkt.'

Janine zweeg.

'Echt, we speelden het maar.'

Voordat Janine iets kon zeggen, nam Saartje het woord. 'Leuk spelletje!'

Niels keek boos naar Saartje. 'Bemoei jij je er even niet mee, ja!'

'Janine is mijn vriendin,' zei Saartje. Ze keek naar Valerie die nu ook naar buiten was gekomen. 'En omdat Valerie dat blijkbaar niet meer is, ben ik de enige hier die haar kan helpen.'

Janine gebaarde dat Saartje haar mond moest houden. 'Ik kan dit wel alleen af,' zei ze en haar stem klonk vastberaden.

'Janine,' begon Valerie. 'Echt, je moet ons geloven. Het was allemaal fake. Niels hielp mij met mijn...' Ze aarzelde.

'Met wat?' riep Janine. 'Heb je nog geen smoes voorhanden?'

'Nee, nee, dat is het niet.' Valerie nam een besluit. 'Ik mag auditie doen voor *School op stelten* en Niels hielp mij met het leren van mijn tekst. Kijk maar...'

Ze duwde haar tekstblad in Janines handen. 'Niels speelt Freek... en ik Angela. Het was niet echt. Kijk dan!'

'Het leek anders wel heel echt,' ging Janine verder zonder naar het vel papier te kijken. 'Jullie stonden te zoenen!'

Saartje deed een stap naar voren. 'Niet dat het Jani-

84

ne wat kan schelen,' zei ze. 'Het is tenslotte toch uit... hè, Niels?'

'Eh... ja...' Niels rechtte zijn rug. Zijn ogen flitsten van Valerie naar Janine en weer terug. 'Het is toch uit,' zei hij zacht. 'Dus waar maak je je druk om, Janine?'

Janine voelde de priemende blik van Saartje in haar rug. De verwarring was compleet. Wie bedroog nu wie?

'Ik heb niets met Niels,' zei Valerie nogmaals. 'Janine, je moet me geloven.'

'Ik weet niet meer wie ik moet geloven,' riep Janine.

'Nou, anders ik wel,' riep Saartje. 'Volgens mij nemen jullie mij allemaal in de maling.'

Drie paar ogen staarden haar aan.

Saartje trilde. Ze keek naar Janine en Niels. 'Volgens mij is het helemaal niet uit tussen jullie. En Valerie...' Ze wendde zich tot Valerie. 'Jij vertelt ons ook niet alles. Je doet auditie voor een stomme soap. Ben ik hier dan de enige die geen geheimen heeft?'

Niemand zei iets.

Janine boog haar hoofd en wierp een blik op het script dat ze nog steeds vasthield. 'Ik dacht...'

Niels sloeg zijn armen om Janine heen en drukte haar tegen zich aan. 'Stil maar. Er is niets aan de hand. Valerie wilde gewoon geheimhouden dat ze meedeed aan die audities.'

'Maar waarom?' Janine keek op.

'Omdat Saartje hier...' Valerie deed een stap naar voren, 'altijd zo lekker haar mening klaar heeft. Die soap was stom en welke dombo zou daar nu in willen meespelen?' Ze imiteerde de stem van Saartje. 'En daardoor kraakte iedereen die soap opeens af. Ik durfde het gewoon niet meer aan jullie te vertellen.'

'Dus het is mijn schuld dat jij liegt?' Saartjes stem sloeg over. 'Jij bent lekker!'

'Ik lieg niet,' zei Valerie. 'Ik heb alleen maar iets niet verteld.'

'Dat is hetzelfde,' brieste Saartje en ze draaide zich om naar Janine, die nog steeds in Niels' armen stond. 'En jij loog ook. Je zei dat je het had uitgemaakt.'

Niels nam het woord. 'Om dezelfde reden, Saartje. Jullie wisten immers zo goed wat Janine moest doen. Ze kon niet anders.'

Hij keek weer naar Janine. 'Valerie heeft ons gisteren samen gezien in het fietsenhok. Als ik haar hielp met oefenen, zou ze haar mond houden. Een beetje chantage was het wel.'

'Mooie boel,' zei Saartje.

'Jullie dwongen mij gewoon om te doen alsof ik het had uitgemaakt,' bekende Janine. 'Ik heb inderdaad niet echt gezegd dat ik het had uitgemaakt, maar jullie vatten het zo op en dat heb ik zo gelaten.'

'Dat is waar.' Valerie sloeg haar ogen neer. 'Je hebt het niet echt gezegd. Het spijt ons, dat was stom.'

'Ons? Ons? Nou wordt-ie helemaal mooi,' riep Saartje. 'Bied jij nu je verontschuldigingen aan voor mij? Wie liegt en bedriegt er hier nu? Jullie toch?' Ze balde haar vuisten. 'Hoe kan ik jullie nu ooit nog vertrouwen als jullie steeds van alles voor me verzwijgen?' Ze sloeg haar handen voor haar gezicht en haar schouders schokten.

Janine en Valerie keken elkaar wat verbaasd aan. Zo'n drama was het nou toch ook weer niet?

'Hee, Saar…' zei Valerie. 'Huil je nu?'

Saartje keek op. 'Ik? Huilen? Echt niet!' Ze haalde haar neus op en knipperde met haar ogen. 'Ik huil nooit! En zeker niet om zo'n stelletje liegbeesten als jullie.'

Niels had al die tijd niets gezegd, maar kon zich nu niet langer inhouden. 'Nou, nou, nou… Vind je niet dat je een klein beetje overdrijft? Janine en Valerie hebben je gewoon niet alles verteld. Dat is alles. En trouwens, je hoeft toch niet alles van iedereen te weten?'

'Zij zijn mijn vriendinnen, dus dan horen ze me alles te vertellen,' brieste Saartje en ze wendde zich tot Janine en Valerie. 'Horen jullie mij? Echte vriendinnen moet je in vertrouwen nemen.'

'Maar waarom ben je zo boos?' Janines stem klonk bezorgd. Zo had ze Saartje nog nooit gezien.

'Daarom! Vriendinnen vertellen elkaar altijd alles!' Haar stem sloeg over en ze hijgde. 'Dat moet, anders zijn jullie mijn vriendinnen toch niet meer?'

Janine liep naar Saartje toe en legde haar arm om haar schouder. 'Doe niet zo raar. Wie zegt dat?'

'Mijn moeder zegt,' zei Saartje snikkend, 'dat je pas iemand kunt vertrouwen als je alles van elkaar weet.' Ze keek op. 'Snappen jullie het dan niet? Als ik niet alles van jullie weet, dan stelt onze vriendschap weinig voor. En dat wil ik niet.'

'Je kunt niet alles van iemand weten,' zei Janine. 'En dat hoeft ook niet. Wij zijn je vriendinnen. Echt!'

Ook Valerie kwam er nu bij staan. 'Janine heeft gelijk. Als ik jullie alles over mezelf vertel, blijft er geen tijd meer over om samen leuke dingen te doen.'

'Heb je zo veel geheimen dan?' Er verscheen een voorzichtige glimlach op Saartjes gezicht.

'Geen geheimen,' zei Valerie. 'Gewoon onbelangrijke dingen die van mezelf zijn.'

Niels zuchtte. 'Meidendingen.'

'Precies,' zei Janine. 'Meidendingen!'

'Die wil ik niet eens weten,' zei Niels met een knipoog.

'Maar goed ook,' ging Valerie verder. 'Want ook Saartje heeft zo haar geheimen.'

'O ja?' Saartje keek verbaasd. 'Wat dan?'

'Nou, denk alleen maar eens aan de computer op school.'

Saartjes ogen flitsten van Valerie naar Niels. 'O, dus Niels weet ondertussen al van jullie dat ik die gekraakt heb? Lekker dan!'

'Heb jij de schoolcomputer gekraakt?' riep Niels. 'Gaaf!'

Verbaasd keek Saartje naar haar vriendinnen.

'Wij hebben niets gezegd,' zei Valerie met een grijns. 'Dat deed je net zelf.'

Saartje pakte haar fiets en draaide die. 'Zoek het uit, ja! Ik ga. Op het plein is het waarschijnlijk gezelliger dan hier.'

'Maar Saartje, dat was een grapje,' begon Janine, maar Niels en Valerie hielden haar tegen.

'Laat haar maar,' zei Valerie. 'Die trekt wel weer bij.'

Terwijl Saartje wegfietste, duwde Niels Janine naar binnen. 'Kun je ons vandaag mooi helpen met oefenen,' zei hij. 'Dan doe ik het de volgende keer weer.'

'Hee, Saartje!' Nikki zwaaide naar haar vriendin, die in de verte aan kwam fietsen.

Met een slip kwam Saartje tot stilstand. Ze zette haar fiets tegen de ijzeren bank. 'Hoi.'

'Waar blijft iedereen?' vroeg Nikki. 'We zijn allang begonnen. Doe je mee?'

'Nee, ik kijk wel… Laat me maar even.'

'Is er wat?'

Saartje plofte op de bank neer en sloeg haar armen over elkaar. 'Die stomme trutten…'

'Wie?'

'Valerie en Janine,' bromde Saartje. 'En Niels.'

Nikki ging naast Saartje zitten. 'Niels een trut? Vertel.'

'Doen jullie nog mee?' riep Cem vanaf het trefbal-
veldje, maar Nikki gebaarde dat ze even zonder hen
verder moesten spelen.

Met trillende stem vertelde Saartje wat er gebeurd
was. Nikki luisterde aandachtig.

'Ze hebben allemaal gelogen,' besloot Saartje haar
relaas.

'Nou... gelogen hebben ze niet,' zei Nikki. 'Liegen
is iets anders dan iets niet vertellen.'

Saartje keek op. 'Begin jij nou ook al?'

'Ik vertel jou toch ook niet alles,' ging Nikki verder.

'Hoe bedoel je?'

'Nou, gewoon, zoals ik het zeg.' Nikki leunde achterover. 'Iedereen heeft wel geheimpjes... dingen die
je liever niet aan anderen vertelt.'

'Zoals?' vroeg Saartje.

Nikki dacht na. 'Bijvoorbeeld dat je vader en moeder ruzie hebben gemaakt. Of dat je buikpijn
hebt... Of als je iets stoms gedaan hebt... Of dat je
geen spruitjes lust...'

Saartje lachte. 'Oké, oké, ik snap wat je bedoelt.
Maar dat soort dingen zijn ook niet echt interessant
voor anderen.'

'Precies,' zei Nikki. 'Maar daarom zijn het nog wel
geheimen. En zulke dingen niet vertellen is heel wat
anders dan liegen.'

'Maar Janine heeft wel tegen ons gelogen. Ze zei dat ze het had uitgemaakt...'

Nikki twijfelde. 'Heeft ze dat letterlijk gezegd of hebben wij dat er zelf van gemaakt omdat we het wilden horen?'

'Eh... dat weet ik niet meer precies, maar dat maakt toch niet uit? Ze heeft het nooit ontkend. En nu zegt ze dat wij haar dwongen. Gekker moet het niet worden,' zei Saartje boos.

Nikki glimlachte. 'Jij kunt soms inderdaad wat bazig zijn.'

'Wie? Ik?' Saartje keek verontwaardigd. 'Helemaal niet! Luister goed: ik ben niet bazig, begrepen?'

Nikki schoot in de lach. 'Nee,' hikte ze, 'ik merk het.'

Saartje glimlachte. 'Sorry, dat bedoelde ik niet zo... zo...'

'Bazig?' proestte Nikki.

'Ja.'

Toen ze uitgelachen waren, gaf Saartje toe dat ze misschien een beetje te snel gereageerd had. 'Wat kan mij het eigenlijk schelen wat Janine en Niels samen uitspoken of waar Valerie aan meedoet? Moeten ze lekker zelf weten. Ik kan er echt niet meer boos om worden.'

'Mooi,' zei Nikki. 'Dan kun je ze dat zelf vertellen.'

Ze wees naar het kruispunt, waar Niels, Valerie en Janine aan kwamen fietsen.

'Hee, Niels! Doe je ook mee?' Thijs gooide de bal naar Niels, die net zijn fiets had weggezet. 'Waar bleef je, jongen?'

Niels keek naar Janine, die naast hem kwam staan. 'Ik was met Janine.'

Er klonk gefluit en gejoel.

'Ho, ho…' riep Niels. 'Ik was nog niet uitgesproken. Ik was met Janine bij Valerie.'

Het gejoel klonk harder.

'Twee meiden tegelijk?' riep Cem, die een tikkeltje jaloers klonk. 'Hoe doe je dat, man?'

Niels lachte en stuiterde de bal voor zich uit naar het veldje. De rest rende achter hem aan.

'Hoi.' Saartje stak haar hand op naar Janine en Valerie, die kwamen aanlopen. 'Dat is snel. Zijn jullie al uitgeoefend?'

'Ja,' zei Janine. 'We vonden het rot dat je wegfietste zonder het uit te praten.' Ze ging naast Saartje zitten. 'Ben je nog boos?'

Saartje haalde haar schouders op.

'Het spijt me,' zei Janine. 'Ik had het gewoon moeten zeggen.'

'Ja,' zei Valerie. 'Ik ook. Ik denk dat ik me gewoon onzeker voelde toen jij… nou ja…'

'Laat maar,' zei Saartje. 'We hebben het er niet meer over. Laten we alleen hopen dat Niels zijn mond houdt over de computer.'

'Dat doet hij,' zei Janine. 'Dat heeft hij beloofd.'

'Mooi,' zei Janine. 'Dan beginnen we weer opnieuw.'
Ze stak haar hand uit en de anderen legden hun hand
erbovenop.

HOOFDSTUK 8

'Je raadt nooit wie ik gisteravond gezien heb in het ziekenhuis.' Het was vrijdagochtend en Valerie hing over haar tafel. Ze hield de directeur scherp in de gaten. Hij zat aan de tafel van meester Kas en las een boek. Het was de hele ochtend al doodstil in de klas. Je kon een speld horen vallen. De directeur was streng, superstreng. Hij duldde geen enkel geroezemoes. De hele klas baalde.

'Je moeder,' fluisterde Janine.

'Nee, suffie!' Valerie schudde haar hoofd. 'Meester Kas.'

'Wat?' Nikki en Saartje keken allebei op.

'Dames! Gaan we aan het werk?' De directeur verschoof zijn stoel.

De vier vriendinnen bogen zich weer over hun werk. 'Was hij ziek?' fluisterde Nikki, terwijl ze haar hoofd gebogen hield.

'Nee,' antwoordde Valerie. 'Ik zag hem de lift in gaan tijdens bezoekuur. Hij zag mij niet. Ik denk dat hij bij iemand op visite ging.'

'Kan het nu eindelijk stil zijn daar in de hoek?' De stem van de directeur klonk boos.

Niemand durfde meer wat te zeggen. Toen om half-elf de bel ging, haalde iedereen opgelucht adem en stoof naar buiten.

'Valerie heeft de meester gezien in het ziekenhuis,' riep Saartje toen ze bij de tafeltennistafel stonden. Nieuwsgierig kwam iedereen rondom Valerie staan.

'Ja, meer weet ik ook niet,' stamelde Valerie. 'Hij ging denk ik bij iemand op bezoek.'

'Bij wie?' vroeg Thijs.

'Dat weet ik niet. Hij ging de lift in, meer weet ik ook niet. Ik ben met mijn vader doorgelopen naar de kamer waar mijn moeder lag.'

Iedereen keek teleurgesteld.

'Dus nu weten we nog niets,' zei Myren.

'Hoe is het eigenlijk met je moeder?' vroeg Renske. Valerie lachte. 'Goed, ze mag na het weekend naar huis.'

Een paar jongens haakten af en renden naar het voetbalveld.

'Hee, we zouden tafeltennissen!' riep Saartje.

'Wij gaan liever voetballen,' riep Myren. 'Kletsen jullie maar lekker verder.'

Na de pauze werden ze weer hard aan het werk gezet door de directeur.

'Werken, werken, werken… Bah!' verzuchtte Saartje, die net haar spelling afhad en haar taalboek pakte. 'Kan die man niet even relaxen?'

'Slavenarbeid, dat is het,' fluisterde Valerie. 'Meester Kas had nu allang voorgelezen.'

'Of een mop verteld,' vulde Nikki aan.

Janine frommelde het papiertje dat ze net had beschreven in haar zak. 'Ik ga even naar de wc,' zei ze.

'Post?' Nikki trok vragend haar wenkbrauwen op.

Met een grote grijns op haar gezicht stond Janine op. 'School moet je leuk maken,' fluisterde ze en ze liep naar de deur.

'Waar gaan wij naartoe, jongedame?' De directeur keek op van zijn nakijkwerk.

'Wij gaan plassen, meester,' antwoordde Janine.

In het groepje van Thijs klonk gegrinnik.

De directeur wuifde met zijn hand. 'Dat is al de derde keer vanochtend.'

'Ik kan er niets aan doen, meester,' zei Janine en ze trok haar onschuldigste gezicht.

'Ga maar gauw dan.'

Janine liep de klas uit en stoof naar de hal. Achter de prullenbak bij de bibliotheekkast bleef ze staan. Voorzichtig keek ze om zich heen, maar er was niemand in de buurt. Ze bukte en pakte toen een papiertje achter de prullenbak vandaan. Ze herkende het handschrift van Niels meteen. Het rode hartje bovenaan deed haar glimlachen.

Janine leunde tegen de muur en las wat Niels opgeschreven had. 'Aah, wat lief,' fluisterde ze. Ze propte haar briefje achter de prullenbak en staarde dromerig voor zich uit. Hij was echt super!

Er klonken voetstappen en Janine schrok op uit haar gedachten.

'De weg kwijt?'

Janine keek recht in het gezicht van de directeur. Ze voelde het bloed uit haar gezicht wegtrekken. 'Eh... nee, ik...' Ze dacht snel na en kwam toen op een lumineus idee. 'Ik moest even iets weggooien.' Ze wees naar de prullenbak. 'Eh... er staat in het toilet geen prullenbak voor... nou ja... u weet wel. Meidendingen.'

Dit keer was het de directeur die om woorden verlegen zat. 'O... ja... juist... Ik snap het. Nou, hup! Terug naar de klas.'

Janine liep gauw de gang in. Dat was op het nippertje.

'Waar bleef je nou,' siste Saartje toen Janine aan haar tafel schoof.

'Gesnapt?' vroeg Nikki, die de directeur zag binnenkomen.

'Bijna,' fluisterde Janine.

De directeur vroeg of iedereen zijn taalboek wilde pakken.

'En?' vroeg Saartje nieuwsgierig. 'Nog post gehad?'
Janine knikte en glimlachte.
'Wat schreef Niels?'
'Gaat je niets aan,' zei Janine en ze pakte haar taal-boek.
Heel even betrok Saartjes gezicht, maar de schop on-der tafel van Nikki deed haar weer glimlachen.
'Tuurlijk,' mompelde ze. 'Ik ben weer eens veel te nieuwsgierig.'
'Inderdaad,' zei Janine. 'Welke bladzijde?'
'Vijfentwintig,' bulderde de directeur door de klas.
'Pagina vijfentwintig.'
Er klonk geritsel en iedereen sloeg de bewuste pagi-na open.
'Het is bijna twaalf uur, meester,' riep Ferry.
'En wat wil je daarmee zeggen?' antwoordde de di-recteur.
'Nou, dat we nog maar weinig tijd hebben voordat de bel gaat.'
'Precies genoeg om de les alvast uit te leggen. Dan kunnen jullie vanmiddag als jullie terugkomen ge-lijk aan de slag.'
'Maar vanmiddag hebben we tekenen,' riep Thijs.
'Als je taalwerk af is, mag je tekenen,' zei de direc-teur. 'Dus hoe sneller we nu starten, hoe eerder je vanmiddag kunt tekenen.'
'Kunnen we taal niet een keer overslaan?' vroeg Cem hoopvol.

De directeur schudde zijn hoofd. 'Overslaan? Dus daarom lopen jullie zo hopeloos achter op het schema. Doet meester Kas dat soms vaker?'

Cem aarzelde. Hij wilde de meester natuurlijk niet verraden, maar liegen kon hij ook niet.

'Meester Kas verschuift wel eens wat,' riep Nikki, die zag hoe moeilijk Cem het had. 'Maar we doen wel alle lessen, hoor!'

'Hmm, juist ja.' De directeur keek in de map die voor hem op tafel lag. 'Ik kan het hem nu ook niet kwalijk nemen.'

'Wat is er eigenlijk met de meester aan de hand?' vroeg Saartje.

'De meester heeft het een beetje moeilijk,' antwoordde de directeur. 'Het zou fijn zijn als we hem allemaal een beetje helpen.'

'Is hij ziek?' vroeg Ferry. 'Ik hoorde dat hij gisteravond in het ziekenhuis was.'

De directeur keek verbaasd. 'Hoe kom je daar nu bij? Nee, hij is niet ziek. En nu gaan we aan het werk, anders komt Cem nooit aan zijn tekening toe!'

Na de middagpauze druppelde iedereen één voor één de klas weer in. Ze begonnen meteen aan taal, zodat ze daarna snel konden gaan tekenen. Nikki kwam als een van de laatsten binnen.

'Klaar!' riep Saartje en ze klapte haar taalboek dicht. 'Ik ga tekenen.'

Nikki ging zitten en sloeg haar schrift open. Ze staarde naar de lege bladzijde en zuchtte. 'Getver! Ik moet nog beginnen.'

Saartje schoof haar schrift op haar tafel. 'Schrijf maar over,' zei ze. 'Als ik jouw rekenen weer een keer mag overschrijven.'

Nikki glimlachte. Ze hielpen elkaar wel vaker. Saartje was goed in taal en zij in rekenen.

'Voor wat, hoort wat,' zei Saartje.

IJverig ging Nikki aan de slag en binnen een paar minuten was ze klaar, gelijk met Janine en Valerie.

De directeur kwam tien minuten over een de klas in. 'Zo, ik zie dat jullie allemaal al aan het tekenen zijn?' Tevreden keek hij naar de stapel taalschriften in de nakijkbak. 'Mooi! Ik wist wel dat er hard gewerkt kon worden hier.'

Terwijl de klas verder tekende, keek de directeur de taalschriften na. Rond halfdrie moesten ze hun tafel opruimen. Verheugd wachtten ze af wat ze het laatste halfuurtje gingen doen. Meester Kas wilde nog wel eens extra lang voorlezen als ze goed gewerkt hadden. Het boek waar ze in bezig waren was bijna uit. Zou de directeur...

'Dan krijgen jullie nu een dictee,' zei de directeur en hij pakte een stapel schriften uit de kast.

Alle gezichten stonden op onweer.

'Bah... wat stom!' mompelde Nikki.

'Wat zei je daar, jongedame?'

100

'Niets…' zei Nikki geschrokken.

De schriften werden uitgedeeld en zwijgend schreven ze de zinnen op die de directeur dicteerde. Deze dag kon maar beter zo snel mogelijk voorbij zijn.

Om drie uur ging eindelijk de bel. De directeur pakte zijn spullen bij elkaar. 'Verzamel jij even alle schriften, Thijs? Leg ze maar op tafel.' Hij stak zijn hand op. 'Ik vond het gezellig vandaag. Wel thuis en tot morgen allemaal.'

Zodra de directeur de klas uit was, barstte het lawaai los.

'Gezellig?' riep Ferry. 'Het leek hier wel een begrafenis.'

'Wat een eikel!' riep Cem.

'Chagrijn, zul je bedoelen,' zei Thijs.

Langzaam liep de klas leeg.

'Wat zou er toch zijn met de meester?' vroeg Janine zich hardop af.

'Hij is niet ziek,' zei Valerie.

'Nee, maar er is wel iets aan de hand,' zei Saartje. 'En het heeft vast te maken met zijn bezoek aan het ziekenhuis gisteravond.'

Ze liepen als laatste de klas uit.

'Zou er iets zijn met zijn vrouw?' opperde Valerie.

'Of met zijn kinderen?' vroeg Nikki.

Saartje schudde haar hoofd. 'Konden we maar even stiekem bij hem thuis naar binnen gluren.'

'Ik heb een idee.' Nikki wees naar de jas van meester

Kas, die nog aan het haakje bij de deur hing. Die jas hing daar al dagen. Door het mooie weer had de meester hem niet nodig gehad. 'We gaan op visite.'
'Je bedoelt bij hem thuis?' vroeg Valerie, die nog niet goed snapte wat het plan was. 'Maar je kunt toch niet zomaar aanwippen?'
'Goed idee,' riep Saartje, die het wel begreep. Ze pakte de jas van de haak. 'We brengen gewoon even zijn jas terug. Het gaat vanavond vast regenen en dan heeft hij zijn jas echt nodig, toch? Gaan jullie mee?'
Valerie keek op haar horloge. 'Ik... eh...' Ze keek schuldbewust naar Janine. 'Ja, sorry, maar Niels en ik zouden vanmiddag nog een keer oefenen. Als je het niet erg vindt?'
Janine schudde haar hoofd. 'Nee, ga maar.' Ze hief haar vinger. 'Wel de laatste keer, hè?'
'Ja, morgen is de auditie, dus het moet gewoon goed vandaag.'
'En niet te enthousiast zoenen.' Saartje grijnsde.
Valerie gaf haar vriendin een duw. 'Doe niet zo flauw.' Ze keek met een schuin oog naar Janine, maar die reageerde niet.
'Tot morgen!' Valerie stoof weg.
Saartje, Janine en Nikki liepen op hun gemak de gang uit. Myren, die met een paar jongens in de hal stond, keek nieuwsgierig naar de jas die Saartje in haar handen had. 'Nieuwe jas?'

'Nee, gek!' Saartje liet de jas zien. 'Van meester Kas. Heeft-ie laten hangen.'

'We gaan hem terugbrengen,' riep Nikki, terwijl ze naar de deur liep.

'Nu?'

'Ja.' Nikki keek om. 'Tenminste, als die treuzelaars nog mee willen?'

Saartje keek naar Myren. 'Ga je ook mee?' Ze trok haar liefste glimlach. 'Gezellig... en spannend. Misschien komen we er eindelijk achter wat er met de meester aan de hand is.' Ze pakte zijn arm en knipperde met haar ogen.

Myren schudde zijn hoofd. 'Gaan jullie maar,' zei hij. 'Ik heb afgesproken met de jongens op het plein. Komen jullie straks ook nog?'

Heel even keek hij naar Nikki, maar ze ontweek zijn blik.

'Misschien,' zei Saartje. 'Doei!'

Ze trapten stevig door.

'Het wil niet echt vlotten tussen jullie, hè?' Janine kwam naast Saartje fietsen. 'Myren en jij.'

Saartje hield wat in. 'Hoe bedoel je?'

'Nou, het is overduidelijk dat jij hem meer dan leuk vindt.'

'Ja?' Saartje ging rechtop zitten. 'En?'

Janine aarzelde. Ze wilde Saartje niet weer boos maken.

'Janine bedoelt dat Myren dat nog niet echt door-heeft,' zei Nikki, die haar fiets handig tussen Saartje en de stoeprand manoeuvreerde. 'Zo schiet het niet op.'

Saartje glimlachte. 'Wacht maar af. Ik weet zeker dat het niet meer zo lang gaat duren. Hij en ik…' Ze staarde omhoog. 'We passen gewoon bij elkaar.'

Er klonk getoeter en de drie meiden zwenkten uit elkaar. Een auto raasde voorbij en de bestuurder stak boos zijn hand op.

Janine, die aan de buitenkant fietste, remde af en ging achter haar vriendinnen fietsen. 'Oeps, dat was op het nippertje.'

Saartje voelde of de jas van meester Kas nog onder haar bagagedrager zat. 'Sorry, ik was even afgeleid.' Ze glimlachte. 'Zeg…' Saartje remde en kwam naast Janine fietsen. 'Hoe weet je of je echt verliefd bent?'

Janine fronste haar wenkbrauwen. 'Vraag je dat aan mij?'

'Ja! Jij bent toch verliefd op Niels?'

'Ja.'

'Nou dan. Jij weet hoe dat voelt.'

Nikki draaide zich om. 'Ja, leg dat eens haarfijn uit aan ons onwetenden.'

Janine dacht na. 'Eh… nou, het is gewoon leuk.'

Nikki schoot in de lach. 'Leuk? Er is zoveel leuk. Daar hebben we niets aan. Hoe voelt het?'

'Lekker.'

'Leuk… lekker,' herhaalde Saartje geïrriteerd. 'Zwemmen is ook leuk en lekker. Mens, zeg nou eens hoe het voelt! Ik moet toch weten of ik echt verliefd ben op Myren.'

'En of hij op jou is,' vulde Nikki aan.

'Precies!' riep Saartje. 'Hoe weet ik of we verliefd op elkaar zijn?'

Janine schudde haar hoofd. 'Ja, hoor eens! Dat kan ik niet uitleggen. Zoiets weet je gewoon.'

'Denk je dan de hele tijd aan hem?' vroeg Saartje.

'Ja.'

'En wil je het liefst de hele dag bij hem zijn?'

'Ja.'

'En vind je hem de leukste jongen die er bestaat?'

'Ja.'

'Krijg je kriebels in je buik als je hem ziet?'

'Ja.'

Saartje knikte tevreden. 'Zeg dat dan meteen! En hoe weet je of hij ook op jou is?'

Weer keek Janine haar hulpeloos aan.

'Kijkt hij dan steeds naar je?' probeerde Saartje weer.

'Eh… ja. Dat deed Niels wel. Die probeerde mijn aandacht te trekken.'

Saartje dacht na. 'Hmm, ik weet niet zeker of…' Ze keek op. 'Maakte Niels grapjes als hij in je buurt was?'

Janine knikte. 'Ja, dat deed hij inderdaad.'

Saartje keek tevreden. 'Ik weet genoeg.'

'En?' Nikki keek achterom. 'Ben je verliefd op Myren?'
'Ik ben bang van wel,' zei Saartje. 'Alles klopt. En ik weet bijna zeker dat hij ook op mij is. Maar daar kom ik snel genoeg achter.'
'En jij, Nik?' vroeg Janine. 'Ben jij ook verliefd op iemand?'
Nikki stak haar hand uit en sloeg rechts af. 'We zijn er bijna.' Ze keek strak voor zich uit en deed net alsof ze de vraag van Janine niet gehoord had.
Janine en Saartje kletsten verder over hun ideale jongens en Nikki haalde opgelucht adem. Het ging niemand wat aan wat zij voelde. En trouwens, ze wist niet eens zeker of ze wel verliefd was.

HOOFDSTUK 9

'Volgens mij is het hier.' Saartje wees naar het kleine huis op de hoek van de straat.

'Ja, kijk maar,' zei Janine, die naar het naambordje wees naast de voordeur.

Ze zetten hun fietsen tegen het tuinhek. Nikki pakte de jas van de meester van haar fiets en liep als eerste de tuin in. Janine en Saartje volgden.

'Waar is de bel?' Nikki keek vertwijfeld naar de verweerde deurpost. Er was nergens een bel te bekennen. Ze had hier echt geen zin in, maar ze kon nu niet meer terug.

In de verte klonk kindergehuil.

'Ze zijn in de tuin,' zei Saartje. 'Zullen we omlopen?' Ze wees naar het smalle, rommelige tuinpad dat aan de zijkant van het huis liep.

Met Saartje voorop liepen ze naar de achtertuin. Het gehuil werd indringender en er klonk ook geschreeuw.

Saartje schopte wat speelgoed aan de kant. 'Wat een rotzooi, zeg! En wij moeten in de klas alles altijd zo netjes opruimen.'

Ze kwamen bij de hoek van het huis en keken langs de grote bramenstruik de achtertuin in. Wat ze zagen deed hun mond openvallen. Er renden drie kinderen door de tuin, schreeuwend en huilend. Zo te zien hadden ze flinke ruzie. Een van de kinderen droeg een pyjama, de andere twee liepen in hun luier... bloot.

De stem van meester Kas bulderde door de tuin. 'Mats, Job en Tom: hier komen, nu! Ik waarschuw niet meer.'

De drie kinderen reageerden niet. Ze renden en schreeuwden rustig door.

'Ik zeg het nog één keer! Hier komen!'

Er gebeurde niets.

De drie meiden keken elkaar aan. Echt overwicht had de meester thuis niet.

'Ongeschikt,' fluisterde Saartje.

Meester Kas kwam de tuin in gestormd en ze doken weg achter de bramenstruik.

'En nu is het uit!' Meester Kas greep de oudste van de drie kinderen beet en tilde hem op. Het kind begon wild te trappen en te schreeuwen. 'Ik wil niet naar bed! Nee... Nee... Nee!'

Meester Kas klemde de jongen stevig vast en liep met hem naar binnen. De andere twee kinderen keken niet eens op. Ze renden vrolijk door.

'Ik geloof niet dat we gelegen komen,' fluisterde Nikki en ze keek naar de jas in haar handen.

'We kunnen nu niet meer terug,' zei Saartje en ze stapte kordaat de tuin in. 'Hallo daar,' zei ze.

De kinderen stopten met rennen en keken haar verschrikt aan. Een van hen begon te gillen.

'Stil maar,' zei Saartje. 'Ik doe niets. Ik kom voor de meester... eh... voor papa.'

'Papa?' Het kleine jongetje stopte met gillen.

'Papa boos,' zei het andere jongetje die zijn luier half lostrok en een vies gezicht trok.

'Ik hoorde het,' sprak Saartje. Ze gebaarde haar vriendinnen dat ze ook tevoorschijn moesten komen. 'Dit zijn Janine en Nikki, mijn vriendinnen.'

De twee jongetjes bleven gelukkig stil.

Opgelucht liep Saartje naar hen toe. 'Is mama ook thuis?'

'Mama weg,' snikte het oudste jongetje. 'Papa boos.'

Vertwijfeld keek Saartje om naar haar vriendinnen. Janine schoot haar te hulp. 'Zal ik je luier even vastmaken?' Ze strekte haar armen, maar het jongetje sprong naar achteren. 'Poep...'

Nikki trok een vies gezicht. 'Lekker...'

Janine probeerde de luier vast te maken, maar de jongen rende weg. De plakstrip bleef aan Janines vingers plakken en de luier schoot los.

'Ranzig,' riep Saartje en ze kneep haar neus dicht.

Janine keek naar de bungelende bruine luier in haar handen en gromde.

Het jongetje rende met vieze poepbillen naar de schommel.

'Niet gaan zitten,' riep Nikki nog, maar het was al te laat.

'Wat een puinhoop, zeg,' verzuchtte Saartje. 'Ik weet niet of het wel zo'n goed idee was om…'

'Wat doen jullie hier?' De stem van de meester klonk een beetje geschrokken, alsof hij zich betrapt voelde.

Saartje en Nikki draaiden zich om. Janine liet de luier vallen.

'Eh… wij komen…' stamelde Janine, die haar hand angstvallig gestrekt hield.

'Wij hebben uw jas,' zei Nikki. 'Die had u laten hangen.'

'Ja,' vulde Saartje aan. 'We dachten dat u die wel zou missen.'

De meester nam de jas aan. 'Wat lief, bedankt. Maar dat was niet nodig, hoor.'

Er viel een stilte.

'Willen jullie wat drinken? Ik moet toch iets doen om jullie te bedanken dat jullie hem zijn komen brengen.' Hij gebaarde naar de tuinset op het kleine terras bij de boom. 'Ga zitten, dan haal ik wat.'

Terwijl de drie meiden gingen zitten, liep de meester het huis in. 'Let niet op de rommel,' riep hij.

'Onmogelijk,' fluisterde Saartje. 'We zijn begraven in de rommel.'

'Ssst,' deed Nikki.

Meester Kas kwam aangelopen met zes glazen en een fles sinas. 'Kijk eens, jullie zullen wel dorst hebben.'

Saartje staarde naar de glazen op het dienblad. Ze waren vlekkerig, alsof ze niet goed waren afgewassen en er dropen druppels aan de binnenkant.

'Meester...' zei ze en ze wees naar de glazen. 'Eh...'

'O, griebels! Ik zie het. Neem me niet kwalijk. Ik zal even schone glazen pakken.'

De meester pakte het dienblad op en verdween weer naar binnen.

'Dit is walgelijk,' gromde Saartje. 'Wat is er aan de hand?'

Even later kwam de meester terug met zes schone glazen. 'Sorry, de afwasmachine is kapot,' zei hij. 'Het is allemaal wat hectisch hier.'

Mats kwam naar hen toe gerend. 'Op schoot?'

De drie meiden beschermden hun benen.

'Kom maar hier, Mats,' zei de meester en hij tilde het jongetje op schoot. 'Hee, waar is je luier gebleven?'

'Uit.'

Het gezicht van de meester betrok toen hij de poepluier op de grond zag liggen. Met een ruk tilde hij Mats op en trok een vies gezicht. 'Mats! Toen nou...'

Met een diepe zucht stond de meester op. 'Sorry, meiden... Even schoonmaken.'

Met een spartelende Mats in zijn handen liep de meester naar binnen.

'Ik wil naar huis,' siste Saartje. 'En reken maar dat ik dit aan mijn ouders vertel. Wat een gore boel, zeg! En dat is onze meester!'

Nikki schudde haar hoofd. 'Ik snap er niets van. De meester is altijd erg netjes. Er moet iets aan de hand zijn. Dit is zo vreemd.'

'Waar is zijn vrouw?' vroeg Janine zich af. 'Die kinderen zeiden dat hun moeder weg was.'

'Zou ze op vakantie zijn?'

'Lijkt me sterk,' bromde Saartje. 'Je laat je man niet zo klungelen met de kinderen.' Ze stond op en liep naar de openstaande tuindeuren. Nieuwsgierig keek ze naar binnen. 'Moet je kijken wat een puinhoop.'

Janine en Nikki kwamen erbij staan.

'Hier is in geen weken schoongemaakt,' fluisterde Janine.

'En zo te zien wordt er ook niet gekookt.' Nikki wees naar de stapel pizzadozen op het aanrecht.

'Kom, we gaan.' Nikki draaide zich om.

'Maar we kunnen toch niet zomaar weggaan?' zei Janine. 'Dat is onbeleefd.'

'Weet je wat onbeleefd is?' siste Saartje. 'Je kinderen en je huis verwaarlozen: dat is onbeleefd!'

Net op het moment dat ze wilden weglopen, kwam de meester weer naar beneden. 'Zo, Mats heeft weer een schone broek.'

De drie meiden gingen weer zitten.

'U hebt drie kinderen?' vroeg Janine, die de spanning wilde breken.

'Ja, Mats hier en Job.' De meester wees naar de jongen in de tuin. 'En Tom heeft straf. Die zit nu op zijn kamer.'

'Tom stout,' zei Mats.

'Ja, lieverd... Tom is stout.'

Er viel opnieuw een stilte. Geen van de meiden wist meer iets te zeggen. Meester Kas keek wat verlegen. 'Jullie zullen wel denken: wat is het een rommeltje bij de meester thuis.'

'Ach...' zei Saartje.

'Nee hoor,' mompelde Janine ongemakkelijk.

Nikki zweeg.

Meester Kas schonk de glazen vol. 'Jullie moeten niet denken dat dit een normale situatie is.'

'Ach,' zei Saartje weer.

'Nee hoor,' herhaalde Janine.

Nikki zweeg nog steeds.

'Ik kan het jullie maar het beste uitleggen. Anders krijgen jullie een verkeerd beeld van mij.'

'Dat hoeft niet, hoor,' zei Janine.

Nikki knikte. 'Dat lijkt me een goed idee.' Ze keek naar Saartje. 'Voordat er straks verkeerde verhalen rondgaan.'

Mats dronk zijn glas leeg en sprong van zijn vaders schoot. 'Spelen.' Hij rende naar zijn broertje.

Meester Kas leunde achterover. 'Ik ben moe, heel

moe. Ik krijg hoe langer hoe meer respect voor moeders die de hele dag thuis zijn bij hun kinderen.'

'Waar is uw vrouw?' vroeg Nikki.

'In het ziekenhuis.' Het gezicht van de meester betrok. Zijn lippen trilden.

Wat ongemakkelijk keken de drie meiden elkaar aan. Dit hadden ze niet verwacht. Dus daarom was de meester gisteravond in het ziekenhuis! Hij ging op bezoek bij zijn vrouw.

'Is ze ziek?' vroeg Janine.

De meester knikte. 'Ze had de laatste weken veel pijn.' Hij slikte. 'De dokters wisten niet waar het vandaan kwam. De ene dag ging het goed en de andere dag kon ze haar bed niet uit komen. En ze was steeds vreselijk moe. We maakten ons grote zorgen. Uiteindelijk heeft de dokter na een heleboel onderzoeken kunnen vinden wat er aan de hand was. Gelukkig bleek het niet heel ernstig, maar ze moest wel geopereerd worden. Het gaat nu stukken beter en misschien mag ze van de week naar huis. De dokter zegt dat ze weer helemaal de oude wordt. Ik hoop het, want dit is geen doen.' Hij wees naar de rotzooi om zich heen.

'Dus daarom was u zo chagrijnig,' zei Saartje.

'Pardon?' De meester keek verbaasd.

'We vroegen ons al af wat er aan de hand was,' ging Saartje verder. 'U was chagrijnig, streng, afwezig en u zag er vaak heel slonzig uit.'

'Nou,' zei de meester, 'dat is duidelijk.'

'Maar we begrijpen nu dat u er niets aan kon doen,' haastte Janine te zeggen.

Op dat moment ging de telefoon.

'Excuseer me even.' Meester Kas stond op en liep het huis in.

'Wat zielig,' fluisterde Janine. 'Ik heb wel met hem te doen.'

'Ik vind het stom dat hij geen hulp vraagt,' zei Saartje. 'Stom en eigenwijs.'

Nikki knikte. 'Misschien is dat wel zo, maar ik begrijp dat je je vuile was niet meteen buiten hangt. Zou ik ook niet doen.'

Saartje keek naar de waslijn, aan het eind van de tuin, waar allemaal kinderkleren aan hingen. De meeste kleren zaten nog vol vlekken. Ze lachte. 'Dat doet-ie nu juist wel.'

'Kunnen wij niet iets doen?' vroeg Janine.

'Je bedoelt dat je nog meer poepluiers wilt verschonen.' Saartje grijnsde.

'Doe niet zo flauw. Je weet best wat ik bedoel.'

Meester Kas kwam naar buiten. 'Jongens, ik heb goed nieuws... Mama mag overmorgen naar huis!'

Uit het raam op de bovenverdieping kwam een blond koppie tevoorschijn. 'Komt mama naar huis?'

Meester Kas gebaarde dat Tom naar beneden mocht komen. 'Het is feest! Mama komt thuis!'

Job en Mats vlogen hun vader om de nek en samen maakten ze een rondedansje op het terras. Tom rende de tuin in en omhelsde zijn vader. 'Nou ben je niet meer boos, hè?'

Meester Kas ging op zijn knieën zitten. 'Nee, papa is niet meer boos. En ik beloof je dat het van nu af aan veel gezelliger wordt. Met mama erbij wordt er vast weer gelachen. Het spijt me dat ik het niet beter heb gedaan, jongens.'

Janine voelde tranen in haar ogen opwellen. Onopvallend veegde ze ze weg.

'Meester?' Janine was de eerste die iets zei.

'Ja?'

'Kunnen wij iets voor u doen?'

De meester schudde zijn hoofd. 'Nee, ik zou niet weten wat. Ik hoop alleen dat jullie een beetje te pruimen waren voor de directeur.'

'Het is eerder andersom,' bromde Saartje. 'Hij is zo streng!'

Meester Kas lachte. 'Dus jullie misten mij wel een beetje?'

'Een beetje?' riep Janine. 'Een heleboel.'

'Ik… eh…' De meester keek om zich heen. 'Ik wil niet vervelend zijn, maar zoals jullie zien heb ik nog een heleboel te doen voordat mijn vrouw weer thuiskomt. Moet je kijken wat een rommel. Dat kan ik haar niet aandoen.'

Hij klapte in zijn handen. 'Aan de slag, jongens! We gaan het hier eens heel netjes maken. Dat zal mama fijn vinden.'

116

'Wij gaan,' zei Nikki, die de boodschap begreep. 'Dank u wel voor de sinas.'

Janine en Saartje stonden ook op.

De meester begeleidde hen naar de voortuin. Job, Mats en Tom liepen mee.

'Dag!' riep Mats en hij zwaaide naar Janine. 'Jij bent lief.'

Saartje schoot in de lach. 'Onze specialist in poep-luiers.'

Ze pakten hun fiets en zwaaiden naar de meester en zijn drie kinderen. Even later fietsten ze zwijgend de straat uit.

'Ik denk dat ik een heel goed idee heb,' zei Saartje. 'Hebben jullie nog even tijd om langs het plein te gaan?'

HOOFDSTUK 10

Het was zaterdagmorgen en op het plein was het een drukte van jewelste. Automobilisten die langsreden keken verbaasd naar de grote groep kinderen die zich verzameld had. Vooral de attributen die ze bij zich hadden wekten verwondering op.

'Ik had nog twee emmers en een dweil,' riep Claire, die net kwam aanfietsen.

'Mijn moeder vond het goed dat ik de bezem meenam,' zei Renske lachend. Ze had de bezem langs haar fiets gebonden.

Saartje keek op haar horloge. Het was nog vroeg, maar iedereen was present.

'Oké, jongens... Let's go!'

De stoet kinderen zette zich in beweging. De lange sliert fietsers beladen met schoonmaakspullen trok behoorlijk de aandacht.

'Komen jullie ook bij mij langs?' riep een meneer

die net wat vuil in zijn container gooide. 'Mijn huis kan wel een sopje gebruiken.'

Lachend fietsten ze verder: Saartje en Nikki voorop en daarachter Niels en Janine en de rest. Ook al zat Niels niet in hun klas, hij wilde wel meehelpen. Nu iedereen op de hoogte was van hun verkering, was hij niet uit Janines buurt weg te slaan. Zijn vrienden hadden het hem niet moeilijk gemaakt, zoals hij eerst dacht. Ze waren zelfs een beetje jaloers op hem. 'Het duurt niet lang meer of ze hebben allemaal verkering,' had Niels lachend geroepen toen hij Janine inlichtte.

In een rustig tempo fietsten ze de Hoofdstraat in.

'Ik hoop dat het Valerie lukt,' riep Janine. 'Zodra ze klaar is met haar auditie komt ze naar ons toe.'

'Leuk,' antwoordde Niels, die zich concentreerde op de emmer aan zijn stuur. 'Gisteren ging het heel goed. Die griet kan écht toneelspelen. Wist je dat ze kan huilen op commando?'

'Ja,' zei Janine. 'Daar waren we al achter. Valerie kan lekker overdrijven... Echt gaaf en soms heel handig. Iedereen trapt erin.'

Na een kwartier reden ze de straat in waar de meester woonde.

'Allemaal bellen,' riep Nikki.

Een oorverdovend gerinkel van fietsbellen vulde de stille straat.

'Wat is dit?' Meester Kas stond in de deuropening

119

en keek verbaasd naar de groep kinderen op de stoep. 'De schoonmaakbrigade,' riep Nikki. 'Wij komen uw huis een grote beurt geven.'

'Maar...' Meester Kas wist niet wat hij moest zeggen.

'We hebben onze eigen spullen meegenomen,' riep Thijs en hij stak een emmer en een dweil omhoog.

'Het enige wat u hoeft te doen, is af en toe wat drinken inschenken,' zei Renske lachend.

'Nou, ik geloof dat ik niet kan weigeren!' Meester Kas glimlachte. 'Aan de slag dan maar.'

Eén voor één liepen ze het huis in. De uren daarna was het een drukte van jewelste in het huis van meester Kas. Er werd gesopt, gedweild, gestoft, gezogen, gelapt, geboend, gekrabd, gewassen, opgeruimd en gelachen. Meester Kas deed ijverig mee. Ook zijn kinderen Mats, Job en Tom hielpen op hun manier mee. Mats vulde de emmers met water uit de tuinslang. Er ging meer water naast dan in de emmer, maar dat mocht de pret niet drukken. Job deelde constant snoepjes uit, maar liet stiekem heel wat snoepjes in zijn eigen mond verdwijnen. En Tom was druk bezig met het opruimen van al het speelgoed in de tuin. IJverig bracht hij alles naar de schuur.

'Zo kunnen we het gras weer zien,' zei de meester lachend en hij gaf Tom een schouderklopje.

Na een uur ging meester Kas snel even naar de winkel om flessen fris en broodjes te halen.

De dag vloog om. Aan het eind van de middag waren ze doodop, maar zag het huis er brandschoon uit. Uitgeput lag iedereen op het gras in de tuin.

'Jullie zijn kanjers,' riep meester Kas. 'Wat zal mijn vrouw opkijken morgen.'

'Wel zeggen dat wij hebben geholpen, hè?' Thijs lachte. 'Anders denkt ze nog dat u zo'n netterik bent.'

'Ik zal eerlijk alles opbiechten,' zei de meester. 'Trouwens, ze kent me. De afgelopen weken waren ook voor haar niet leuk. Ze wist dat ik het ternauwernood redde en wilde niet eens weten wat voor puinhoop het in huis was.'

'En nu ook niet meer zeuren als wij ons tafel niet netjes hebben opgeruimd.' Myren grijnsde.

Meester Kas stond op. 'Wie lust er een ijsje?'

Dat hoefde hij geen twee keer te zeggen. Er werd enthousiast gereageerd.

'Als jullie even wachten,' riep de meester, 'dan haal ik wat ijsjes bij de snackbar op de hoek.'

'Geen probleem,' riep Ferry. 'We zijn toch gevloerd.'

'Zal ik even meelopen?' vroeg Myren.

'Ik loop ook wel even mee,' riep Saartje en ze rende achter Myren en de meester aan.

Er klonk gefluit.

Zodra ze uit het zicht verdwenen waren, begonnen hun klasgenoten druk te praten.

'Volgens mij is Saartje op Myren,' zei Thijs.

'Zeker weten,' riep Ferry. 'Het valt wel erg op.'

'Zou Myren ook op Saartje zijn?' vroeg Renske zich af.

Nikki en Janine hielden hun mond.

Even later kwam de meester terug met een grote doos ijsjes. 'Dit hebben jullie wel verdiend.'

'Waar zijn Myren en Saartje?' vroeg Renske nieuwsgierig.

De meester deelde de ijsjes uit. 'O, die hadden nog wat te bespreken. Ze komen zo.'

Op dat moment kwam Valerie de tuin in gelopen.

'Hee, Val! ' Een paar meiden sprongen op.

'En? Hoe ging het?' Janine keek haar vriendin vragend aan.

Valerie maakte een vreugdedansje. 'Ik ben door naar de volgende ronde!'

'Echt?'

Iedereen begon door elkaar te praten.

'Vertel!' riep Saartje. 'Heb je de rol?'

Valerie schudde haar hoofd. 'Nee, nog niet. Maar ze vonden me goed. Volgende week moet ik terugkomen en dan hoor ik of ik naar de laatste drie ga.' Ze vertelde uitgebreid hoe de auditie was verlopen.

'Gaaf!' Renske danste met Valerie mee.

'IJsje?' Meester Kas overhandigde Valerie een van de laatste ijsjes. 'Dus we hebben straks misschien een beroemdheid in de klas?'

'Misschien…' zei Valerie. 'Ik hoop het. Het is nog niet zeker en ik durf nergens op te hopen, maar er is een kans.'

In alle drukte zag Nikki Myren de tuin in komen. Saartje stond bij de hoek van het huis. Zonder dat iemand het in de gaten had, liep Nikki naar Saartje toe.

'En?' vroeg ze.

Saartje zweeg.

'Niet?'

Saartje schudde haar hoofd.

'Maar ik dacht…' Nikki zweeg. Ze wist niet zo goed wat ze moest zeggen. Myren was dus niet verliefd op Saartje. Op de een of andere manier voelde ze zich opgelucht.

Saartje beet op haar onderlip. 'Volgens Myren ben ik een koude kikker. Mooi en slim, maar koud.'

'Zei hij dat?'

'Niet met zo veel woorden, maar de boodschap was duidelijk.' Saartje haalde diep adem. 'En misschien heeft-ie wel gelijk.' Ze vocht tegen haar tranen. 'Ik weet ook niet waarom ik soms zo doe. Het gaat vanzelf.'

'Ik vind je geen koude kikker,' zei Nikki. 'Eerder een coole kikker.' Ze glimlachte. 'Jij bent Saartje en we weten toch dat je het goed bedoelt?' Ze sloeg een arm om Saartje heen. 'Jongens blijven een mysterie.'

'Ja, een geheim op zich,' zei Saartje en ze haalde diep adem. 'Zullen we dan maar?'

Ze rechtte haar rug en liep de tuin in.

'Hee, Saar!' Renske kwam naar hen toe gelopen. 'Ik dacht dat jij en Myren…'

'Hoe kom je daar nu bij?' viel Saartje haar in de rede. Ze keek naar de nieuwsgierige gezichten om zich heen. 'En zo te zien waren het er wel meer die dat dachten.'

Heel even kruiste haar blik die van Myren. Ze lachte. 'Myren en ik zijn echt niet verliefd op elkaar, toch Myren?'

Myren knikte. 'Eh… nee. Hoe komen ze erbij?'

Meester Kas, die geen weet had van alle verwikkelingen, gaf Saartje het laatste ijsje. 'Hier, dame! Die heb je verdiend.'

Hij hield de doos op zijn kop. 'Alle ijsjes zijn op.'

'En alle geheimen!' riep Janine en ze sloeg haar arm om Niels heen.

Meester Kas knipperde met zijn ogen. 'Ik geloof dat ik heel wat heb gemist de afgelopen dagen,' zei hij lachend. 'Zijn er nog meer dingen die ik moet weten?'

Saartje kreeg een kleur.

'Saar?'

'Eh… misschien,' stamelde ze.

Meester Kas keek Saartje onderzoekend aan. 'Toch verliefd?'

Saartje schudde haar hoofd. 'Nee, niet echt… Het is meer iets van school.'

'Nou?'

'Vertel het maar, Saar,' zei Mert. 'We hebben er allemaal aan meegedaan.'

Hortend en stotend vertelde Saartje wat ze gedaan had met de computer. Meester Kas luisterde aandachtig.

'Hmm,' zei hij toen. 'Dus jullie hebben mij met zijn allen in de maling genomen?'

'Het begon als een geintje,' verdedigde Saartje zich. 'Maar het liep een beetje uit de hand.'

'Goed om te weten dat ik zo'n knappe kop in de klas heb,' zei de meester. 'Zijn nu alle geheimen de wereld uit?'

Thijs grijnsde. 'Voor vandaag dan. Morgen is er weer van alles aan de hand.'

'Ach, laat ze toch,' zei Myren. 'Meiden zijn nu eenmaal gek op geheimen…'

Wil je meer lezen over Nikki, Saartje,
Janine en Valerie?
Lees dan ook het eerste deel van *Meiden zijn gek...*

ISBN 978 90 475 0162 6

Na de dood van haar vader
verhuist Nikki met haar
moeder naar een andere
buurt. In haar nieuwe klas
krijgt ze een plekje toegewezen in het groepje van de
vriendinnen Janine, Valerie
en Saartje. De drie meiden
laten duidelijk merken dat
ze het jongensachtige ge-
drag van Nikki maar niks vinden. Als blijkt dat
Nikki prima met jongens kan opschieten en zelfs
met hen voetbalt, is Saartje stikjaloers. Ze doet van
alles om Nikki dwars te zitten en probeert haar
vriendinnen daarin mee te trekken.
Tijdens de voorbereidingen voor het schoolfeest is
Nikki bij geen enkel groepje welkom, zodat ze ge-
dwongen wordt alleen iets te doen. Maar Nikki laat
zich niet kennen en bedenkt een bijzondere act...

Een boek over meiden, vriendschap, verliefdheid en
jaloezie, maar vooral een boek over jongens.